二見文庫

美人モデルはスッチー　枕営業の夜

蒼井凜花

目次

美人モデルはスッチー　枕営業の夜

第一章　枕営業の屈辱

1

「はぁあああっ……」

弓なりにのけ反った絵里《えり》の裸身が、夜景を見おろす大きなガラス窓に押しつけられた。

背後から男がにじり寄る。じっとりと汗ばむ両手がヒップにあてがわれ、尻肉を力いっぱいわし摑んだ。

「く……ッ」

煌々《こうこう》と灯る照明の下、こわばる臀部を広げながら、男はワレメに剛棒をすべらせ、酒臭い息を吹きかけた。

「スベスベの肌だなあ。絵里ちゃんのせいで、ほら、こんなに硬くなっちゃったよ。可愛いお尻をもっと突きだして」

背中にぞわりと鳥肌が立つ。丸い先端がぎゅっと窪みを圧した。

「お願い、ここじゃ……いや」

五月の最終金曜日、目前にそびえ立つオフィスビルでは、午後十時を過ぎた今も、残業中と思われるビジネスマンがちらほら見える。パソコンに向かう者、忙しなく書類を運ぶ者、喫煙所で一服する者がほぼ同じ高さにあった。

そのうえ、右横には二十四時間営業の大衆的な中華レストランがある。テラス席ではカップルと見られる男女や、会社帰りのサラリーマンの団体がグラス片手に浮かれている。

あちらが見えるということは、こちらが見えてもおかしくない。

もし、誰か一人でも気づく者があれば、たちまち野次馬が溢れ、写メに撮られて、瞬く間に絵里の痴態が無数の目に晒される。

「だめっ……見られちゃう」

「だからいいんじゃないか。みんなに見せてやろうぜ」

「せ……せめて、暗くしてくださいっ」

「おいおい、絵里ちゃんのほうから誘ってきたんだぜ。オーディションではあんなに清楚ぶってたのにさあ」

肉ビラのあわいに突き立てられた勃起が、媚肉をめりめりとこじ開けてきた。

「ヒッ……」

「ヌラヌラだ。絵里ちゃんのココも欲しいってさ」

「あっ……ダメッ！　柏木《かしわぎ》さん、やめて！」

そう叫んだときには、ペニスがずっぽりとハメこまれていた。

「おおぅ、絵里ちゃんのオマ×コ、すごくきついよ」

男のものがさらに膣奥深くにねじこまれる。

「はうっ……」

「ほら、みんなに見せてやれ。スッチーでモデルの田崎《たざき》絵里は、こんなにスケベな女なんですよ～って」

力任せにガラスに押しつけ、柏木は腰を振り始めた。その打ちこみは四十半ばの貧相な容貌からは想像できないほど激しいものだった。異性の目を引きつけるなどおそらく無縁であっただろう人生の穴埋めをすべく、欲望の塊をねじこんで、執拗かつ凶暴に肉の鉄槌を浴びせてくる。

「ああっ、ああっ……アン、アアンッ」

暴虐的に打ちこむ男茎が淫裂を責め立てるごとに、ギシギシと軋《きし》むガラスに乳房が押し潰された。

「お願いっ……せめてベッドで……アアアッ、アアッ」

ぎゅうっと閉じかけた瞼の隙間から、スローモーションでうねる光の残像が垣間見える。

ズチュッ、ズチュッ——！

しかし、拒絶の言葉を口にしても、女膣の食いしめは、むしろ激しさを増すばかり。熱い吐息で曇るガラスを見つめながら、次第に熱を帯びる淫花は、肉の拳を奥深くまで引きずりこもうと、浅ましい収縮を繰り返していく。

「いやよ……だめ……いやあああっ！」


——六本木ヒルズ内に建つ、外資系ホテルの一室。

招かれたセミスイートはダブルベッドを中央に、オーク材の重厚なテーブル、デスク、革張りソファーが配されている。

ベッドで散々フェラチオをさせた柏木がフィニッシュに選んだ場所は、四方を一望できる窓辺だった。

株価が上がり、大企業の業績改善が言われる中、湿りがちだった六本木の景気もいくぶんか持ち直したようだ。道行く者たちは笑顔に溢れ、盛り場らしい華やいだ夜風が吹いている。それにつれ、モデル業界も一時の沈滞ムードを跳ね飛ばそうと躍起になっていた。

休日前の六本木は、夜が更けるにつれ人通りが増していく。眼下を見れば、六本木らしい外国人の集団、浮かれ騒ぐ女性グループ、はしご酒をするサラリーマン、彼らを目当てにしたタクシーのライトが眩しい。

通行人がもし顔をあげれば、煌々とした部屋の窓辺でバックから貫かれている裸の絵里を見つけることなどたやすいだろう。

こんな姿、もし誰かに見られたら――。

絵里の杞憂をよそに、男は打ちこみを加速させた。

ヌチャッ……ヌチャッ――！

火柱のように猛り狂うペニスが、女の園を容赦なく打ち貫いてくる。

「おおっ、もうイキそうだ」

あったからだ。

「か、柏木さん……あの件、大丈夫ですよね」

不意に口に出してしまったのは、今夜どうしてもこの確約を取りたいことがあったからだ。

「ハアッ、大丈夫、大丈夫だから……おおっ、おおおっ」

細い体を壊さんばかりに打ちこみが凶暴になる。

自信に満ちた言葉に、苦々しさの中にもどこか安堵しきった様子で、絵里は従順に腰を突きあげた。

パンッ、パパパンッ！　と耳を打つ打擲《ちょうちゃく》音に、思わず耳をふさぎたくなるが、この身はもう抑制できない。柏木の律動に合わせ、むしろ積極的に尻を振り立てた。

膣路の摩擦熱が徐々に高まり、せりあがる火花が脊髄を突き抜けていく。

「クウウッ……出る！　出すぞ」

「あああぁぁあああっ！」

「オオォ、オオゥオオオオオッ——！」

夜景がうねった。景色の輪郭が歪み、絶頂に達した体が大きくのけ反ると、柏木は素早く肉棒を引き抜いた。

ドピュッ、ドピュッ——。

肌を穢《けが》すようにザーメンが勢いよく白い尻に噴射したとき、ふいに、目前のオフィスビルで働く男性がこちらを向いた。

「ふう」

存分に精を放ち終えると、彼は崩れ落ちた絵里を横目に、ベッドに仰向けに倒れこんだ。

ハアハアと肩で息をするその表情には、射精の悦に浸る充足感が見てとれる。

生臭い匂いが鼻をつく。しかし、恨みがましさなど一寸たりとも見せてはいけない。四つん這いで歩み寄ると、屈辱をぐっとこらえ、男の耳元で甘やかに囁いた。

「柏木さん、例のイメージガールの件、お願いします。じゃないと私、玲子《れいこ》社長に怒られちゃう」

こみあげる悲壮感が、目じりにうっすらと涙を潤ませていた。

「おいおい、泣かないでくれよ。プロデューサーにはちゃんと伝えておくからさあ」

突然の涙に困惑したのか、シーツに下半身をくるんだ柏木は、サイドテーブルに置いてあった煙草に手を伸ばす。

スナックらしき店名が記されたライターで火を点け、気だるげに紫煙を吐くその顔は、見ようによっては厄介なことを請け負った後悔が透けている。

「ただね、身長百六十三センチじゃ、モデルとしちゃ小さいんだよなあ。二十四歳って歳もビミョーだろ？　せめて百六十八あって三歳若けりゃ推《お》しがいもあるんだけどさ」

「……」

「ヒルズ族残党のＩＴ企業の社長が気まぐれで作ったイメージガールだけど、メインは水着だ。誰もがボン・キュッ・ボンのピチピチギャルを望んでるわけよ。それでなくとも、あの社長の元妻は超美人の女優なんだからさあ」

「でも、そこを何とかお願いします。玲子社長も、『柏木さんに頼めば、きっと大丈夫』って……通ったらキャビン・アテンダントは辞めて、モデル一本で頑張りますので」

そううつむいた頭を、脂ぎった手が撫で始めた。艶やかな髪を梳《す》きながら、ゆっくりと手が圧をかけてくる。

「え……？」

頭部を押されながら、絵里の頭が、再び性臭の漂う柏木の股間に導かれた。

「まあ、任せてよ」

「く……」

「さ、もう一度しゃぶって。お掃除フェラだ」

シーツを剝ぐと、放出したにもかかわらず、ミミズのように静脈を浮き立たせた男根が再びいきり勃《た》っていた。空気に触れた残滓《ざんし》は、先ほどよりもいっそう腐臭を放っている。

絵里は唇を嚙んだ。逃げ場がどんどん失われていく。

こんな屈辱を受けてまで——。

でも、言う通りにしなければ。

ここで相手の気分を損ね、残念な結果になることほど大きな後悔はない。

陰毛の奥からむっと立ち昇る饐《す》えた匂いに顔をしかめつつ、股間に顔を寄せ、亀頭をチロリと舐めあげた。

「おお」

柏木は腰をびくつかせた。唇をかぶせると残滓と愛液の混じった生臭い風味が口いっぱいに広がっていく。

舌を絡め、ゆっくりと首を上下に打ち振った。

「ンッ、ンッ、ンッ……」

ジュポッ……ジュポッ！

唾液を溜め、頬をへこませながら、次第に速度を速めていく。

グッと根元まで呑みこんでは吸いあげ、再び喉奥まで吸引した。カリのくびれと裏スジの交差部をチロチロとくすぐると、

「ハアァ……、絵里ちゃんは、上のお口も下のお口も最高だ。ねえ、タマもしゃぶってよ」

涙が滲んだ。でも、やるしかない。

言われるまま、唾液と恥汁で産毛の張りついた陰嚢《いんのう》を口に含んだ。薄い皮膜に包まれた双玉を交互に舐めしゃぶれば、柏木の「はふう」と間延びした声が降ってくる。

奉仕の限りを尽くしながら、絵里はモデルデビューした半年前を思い返すのだった。

——都内の慶陽《けいよう》大学在学中に、ミス・キャンパスの準ミスに選ばれた絵里だった。

身長はそう高くなくとも、八頭身と評された小顔、長い手足、目鼻立ちの整った典型的な美人顔が審査員の目に留まったのだ。審査員の一人であったモデル事

務所の女社長にスカウトされ心が揺れたが、絵里はもうひとつの夢を選んだ。

それは、国際線のキャビン・アテンダントとして世界を回ること。

外資系エアラインと違い、日本の航空会社は「応募資格は二十三歳まで」との規定がある。

しかし、モデルなら大人になってもできる。現に「美魔女」と謳われる三十～四十代を中心とした熟女モデルが市民権を得ているのも事実だ。

しかし、CAを受けるならチャンスは今しかない。

そんな経緯があり、大手エアライン・スカイアジア航空のCA採用試験に合格したときは、天にも昇る気持ちだった。

しかも、同じ大学に通う恋人の西田《にしだ》祐樹《ゆうき》も、同じ会社に入社が内定したのだ。

絵里の配属は国内線であったが、三十倍ともいえる倍率を勝ち残ったことを天に感謝した。

さらに祐樹もCAのスケジュール管理をする部署に配属となった。つまり、二人は職種こそ違うが同じ会社で同じ部署。数百人もの新入社員から、客室課に就く確率は実に百分の一。絵里と祐樹はこの数奇な縁を手を取り合って喜んだ。

日々のフライトに勤《いそ》しむ毎日は充実していた。

国内線は長くても二泊三日。

日帰りフライトも多く、互いのシフトを把握しているので、すれ違う心配はない。優待割引チケットでシーズンオフの沖縄や、夏の北海道、東北や九州の温泉めぐり――周囲に見つからぬよう、ステイ先のホテルにこっそり祐樹を招くスリルさえも、神様から与えられたプレゼントのように感じた。

しかし、絵里の野心はさらなる高みを求めてさまよい始めた。

それを決定づけたのは、同じミスコンで優勝した女がキー局のアナウンサーになったことである。報道・バラエティと活躍する彼女は、画面の中の女優やタレントたちと何ら引けをとらない美貌と頭脳、機転の良さを兼備していた。

ミスコンの覇者は女子アナへの道が大きく開かれているが、ＣＡとはけた違いの倍率を勝ち抜き、活躍を目の当たりにした絵里は、航空会社の組織の中でくすぶっている場合ではないと切に思った。

私だって――という思いがふつふつと腹の底から湧きあがってきた。

コンテストのときに浴びた喝采、スポットライト、群がる大勢のカメラマンのフラッシュとシャッター音、インタビュー。ファインダーごしに伝わる熱い視線への高揚感が、そして、画面の中の女子アナの活躍が、今のＣＡを続けながらモデル事務所に所属してモデルへの道を模索するという、後押しをしてくれた。祐樹にはオーディションの日を事前に伝えて、うまく勤務と重ならないようにしてもらっている。

勇気のいる決断ではあったが、いくつかの幸運が重なった。

絵里自身が目黒の実家暮らしで生活費の心配が無かったこと、祐樹が「やりたいのなら頑張れよ」とすんなり賛成してくれたことだ。自分の彼女がモデルというのは、元体育会系の祐樹にとっては自慢らしい。

茨城出身の祐樹は、素朴でおっとりした性格だ。子供のころからレスリングを習っており、体育系の大学に進学予定だったが、試合中の怪我により選手生命は絶たれた。不謹慎な言い方だが、そのおかげで絵里は祐樹と大学で出逢った。

最大のラッキーは所属事務所だった。

一旦はスカウトを断ったモデルクラブ「レヴィ・プロモーション」の女社長・星《ほし》玲子に再度相談してみると、すんなりと受け入れてくれたのだ。

大手事務所ではないが、こぢんまりした事務所ならではの温かみを感じた。

『そういう気持ちになってくれて嬉しいわ』――元モデルの三十三歳、美貌の女社長は微笑んだ。だが、

『本来なら逆でしょう？　十代からモデルを始めて学生時代はモデルとの両立、大学卒業と同時にモデルも辞めてCAへ。これが理想のキャリアマネジメントよ』と、皮肉も言われてしまった。

とはいえ、当初、仕事は順調だったと言っていい。航空会社には内緒ゆえ、一見して絵里だとわからぬ企業広告や雑誌のヘアメイク特集、限られた顧客のみで催されるブライダルの展示会などを中心に、モデルの道はスタートした。

正統派美人と評される絵里は、スポンサー受けもいい。大きな仕事が決まったらCAを辞めて、モデル業に専念しよう――そう自分に言い聞かせた。

しかし、ネックになるのはいつも小柄な身長。

美意識の高い母は、絵里が子供のころから「脚が不恰好になる」と正座を禁止していた。そのおかげで、膝が突き出さない、均整のとれた美脚にはなれたが、身長には恵まれなかった。夏は小学時代から日焼け止めを塗っていたし、体のバランスが崩れるとの理由から、テニスやバスケットなど、左右どちらかに重心がかかるスポーツは禁じられていた。

事務所側は、ショーモデルなら百七十五センチ、雑誌モデルでも百六十八センチは欲しいのだと要求してくる。

絵里のあとからも、ぞくぞくと美貌の新人たちがレヴィ・プロモーションの所属になった。パリコレのランウェイを歩いても引けを取らない、いずれ劣らぬ長身美女だ。案の定、絵里へのオファーは激減し、たまに入るオーディションも落とされてばかり。ＣＡと二足のわらじのせいで仕事も制限され、状況はますます悪化していく。

他の「プロ」モデルは、依頼があればどんな仕事もオーディションも率先してこなすとあっては勝ち目がない。だからと言って、ＣＡを辞めるには、まず大きなオーディションに通らねば——モデル一本でやっていくには今ひとつためらってしまう。

（このままじゃ、生き残れない——）

絵里はハードルを下げ、今まで断っていたセクシー路線のオファーも、可能な限り請け負った。玲子がセッティングする「顔見せ」と称した接待の場にも積極的に足を運んだ。

今、絵里に肉棒をしゃぶらせている柏木は、「ライヴ・エージェント」のディレクターだ。主にイメージガールの発掘とＣＭ政策をやっている。「ライヴ・エージェント」はかつて二十六歳の若き経営者が東証マザーズに上場を果たしたと話題を集めたＩＴ企業である。

玲子の『うちは中堅事務所だし、手っ取り早く色じかけで行きましょう』『大丈夫、みんなやってることよ。ほぼ絵里ちゃんに決定してるから』と、なかば強引に夜の相手を務めさせられてしまった。

しかし小賢しい彼女は、いつも最終手段としてこう言うのだ。

『最終的にはあなたの判断に任せるわ。嫌なら断って。その代わり、落ちても恨みっこなしよ』と。

（お願い、絶対に受からせて――）

男根をしゃぶりながら、天に祈る絵里だった。

2

「えっ、玲子社長、今なんて――？」

週明けの月曜日、代官山にあるレヴィ・プロモーションの事務所。

デスクで業務をするマネージャーたちへの挨拶もそこそこに、社長室へと向かった絵里に返されたのは、思いもよらぬ言葉だった。

絵里が訊きかえすと、スーツ姿の玲子は回転イスに座ったまま、くるりと向き直る。

「だから、先日のオーディションはダメだったの」

派手な目鼻立ち、高い鼻梁、小顔を強調するショートカット。ともすれば冷たい印象を思わせる圧倒的な美貌がモデル出身であることを如実に伝えている。

ただし、現役のモデルであったころには見せなかったであろう意志の強そうな目が、経営者であることを物語ってもいた。

真っ赤に塗られた爪を載せた指先に、メントールの細い煙草が挟まれている。

玲子はふううっと紫煙を吐くと、壁に貼られた所属モデルたちの写真が一瞬煙に霞んだ。

ここからは見えないが、マホガニーの机の下では、今日も薄いブラックのストッキングに包まれた美脚が、色っぽく組まれているはずだった。

「そんな……社長が絶対大丈夫って念押ししてくれたから、仕事のスケジュールを調整して私、あの男に付き合ったんですよ」

吐き気がしそうな地獄の時間を思い出して、絵里は涙声になる。

「ごめんなさい。私も絵里ちゃんを推したんだけれど、クライアントがどうしてもって」

「……選ばれたのは誰ですか？」

「聞きたい？」

「……はい」

絵里は唇を引き結んだ。

「驚かないでね。優奈《ゆうな》ちゃんよ」

「えっ、優奈……？　半年前に北海道から出てきたっていう？」

「ええ、まだ二十歳だけど、あの子なかなか根性あるのよ」

目の前が真っ暗になった。イメージガールはこともあろうに、絵里とほぼ同時期にレヴィに所属した四歳下の原《はら》優奈が射止めたのだ。

雪国生まれの透き通るような肌、あどけなさの残るアイドル系の面差しなのに、その初々しさとは不釣り合いな豊かなバストで注目を浴びている。百七十センチの伸びやかな長身を生かして、今度の水着姿もさぞかし話題になるに違いない。

でも玲子が「絶対、絵里ちゃんに決まるわよ」と太鼓判を押してくれたから、寝たくもない柏木と一夜をともにしたのだ。

あの夜のことを思い出すと、屈辱に体が震えた。

「ひどい……」

顔からみるみる血の気が引いていく。

それを見るなり、玲子は煙草をもみ消し、デスク下からクロコのバッグを取り出した。

「まあこの世界、よくあることよ。今日はここでリラックスしてらっしゃい」

バッグから紙片が取り出され、机の上に置かれた。エステのチケットだ。それも、一回の施術代が十万円もする、玲子行きつけの高級サロン。

胃の奥から苦いものがこみあげてくる。

言えるものなら言いたかった。これっぽっちのことで、あの夜をチャラにできるとでも思っているの――?

(もしかして、社長は優奈を売りこむために、わざと私を……?)

いや、恩人の玲子に対してそれは失礼だ。いくら「マクラ営業」をけしかけられても、最終的には「絵里ちゃんの判断に任せるから」と逃げ道を用意してくれた。

ただそれ以前に、私はやはりこのままではダメだ。事務所側も、オーディションに落ちてばかりの掛け持ちモデルをいつまでも所属させてはおかないだろう。

いくら玲子のバックに大物スポンサーがいても――。

事務所経営の裏には、玲子の恋人・神山清《こうやまきよし》の存在がある。自慢の愛車、赤いフェラーリのテスタロッサは清からのプレゼント。車ばかりではない。清は総合レジャー産業大手の神山ホールディングズの会長を父に、社長を兄に持つ放蕩息子である。玲子は事務所の資金繰りに困ると清を頼り、清も快く応じてくれる。いわば、清は玲子にとっては打ち出の小槌である。

気落ちしたまま社長室を出ると、廊下のむこうから、コツコツとハイヒールの音が響いてきた。

絵里は引きこまれるように視線を向けた。窓から柔らかな日が差しこみ、マネキンのように完璧なシルエットがキャットウォークよろしく、リズミカルに接近してくる。

誰——？　絵里は目を細めた。

逆光に影となった女が長い黒髪をなびかせやってくる。細い首、しなやかな肩のラインから続く豊満なバスト、くびれた腰から急激に張り出したヒップが強調され、絵里を圧倒した。

まるで後光が差したようだ。

「あら、絵里さんじゃないですか」

鈴のようによく響く声で名を呼ばれた。優奈ではないか。ボディラインを強調したブルーのタイトミニのワンピースに、カチューシャ代わりに前髪にかけたサングラス、手にはオーディション用のブックを抱えている。

「あ……優奈ちゃん」

「絵里さんも、社長に呼ばれたんですか？」

優奈は人形のように大きな瞳をゆっくりと瞬かせた。

「え、ええ……」

「私もなんです、今度大きな仕事が決まったのでその打ち合わせ」

「聞いたわ。『ライヴ・エージェント』のイメージガールに決まったのよね。おめでとう」

感情が波立つのをかろうじて抑え、絵里は素直に祝福の言葉を述べた。

「ありがとうございます。来月早々ハワイロケなんですよ。イメージガールって時代じゃないですけど……まあ、そこそこ有名企業だし、頑張っていってきます」

大役を射止めた優奈は、謙遜しつつも自信に満ちた笑顔を向けてくる。

「そうだ、先輩ってCAなんですよね。ホノルルで伝統のロミロミマッサージの人気店があるって聞いたんですが、ご存じですか？」

絵里は思わず口ごもった。

「さあ、私は国内線だし」

「あ、すみません……」

見れば見るほどの美しさだ。一点のシミもクスミもない肌が、弾けんばかりに輝いていた。

彼女に悪気はないだろうが、絵里はますます気落ちしていく。

自信喪失に追いやられたまま思った。自分がもっと華やかな目鼻立ちだったら。あと十センチ身長が高く、グラマラスなスタイルだったら。そして、あと少しだけ若かったら――。

と、ここで優奈は声をひそめた。

「絵里さん、このあとお時間あります？　打ち合わせ後にちょっとご相談したいことがあるんですが」

「相談？」

「ええ、あまり他人に聞かれたくないことなんです」

その表情からして深刻なことと察せられる。

「――じゃあ、『ミルラ』で待ってましょうか」

事務所から歩いて五分くらいの場所にある、モデルたち行きつけのカフェレストランだ。

「ありがとうございます。じゃ後で」

軽やかに社長室へと向かう美しい後ろ姿を見ながら、絵里はお人好しの自分を恨みつつ、エステのチケットをバッグに押しこんだ。


「絵里さ～ん！　お待たせしました」

一時間後、旧山手通りに面したオープンカフェで、ミントティーを飲んでいると優奈が現れた。代官山という場所柄、芸能人やモデル、ファッション誌から抜け出たようなスタイリッシュな人ばかりだが、中でも優奈の輝きは群を抜いていた。

プロポーションと小顔のバランスがいい。ほっそりとした美脚は、ハイヒールをまるで自分の体の一部のように履きこなしている。

「いらっしゃいませ」

優奈自身、見られることはもはや当然とばかりに、若いウエイターが恭《うやうや》しく引いた椅子に誇らしげに腰をおろす。

長い美脚を組みながらメニューを眺める姿は、どの角度から見ても十分すぎるほど絵になる。メイクだってある意味プロ。伏せていた長い睫毛をあげ「ローズヒップティー」とオーダーされたウエイターのなんと嬉しそうなこと。

同性の絵里でさえ見惚れてしまう。

「で、話って何かしら？」

彼女はオーダーしたお茶が運ばれてきてやっと口を開いた。

「実は私、玲子社長にナイショで夜のバイトをしてるんです」

一瞬、言葉の意味を理解できずにいた。

「夜って……水商売ってこと？」

「はい、六本木の『マノン』って店。一応、高級クラブです。座って五～六万円くらいの」

「五～六万円？　それって、当然、一人のお値段よね？」

「はい、おひとりさま料金です」

茫然とする絵里だった。

しかし大手事務所と違い、確かにレヴィのギャラは安い。アルバイトのような身であるとはいえ、先日やったブライダルの展示会の仕事は、八時間拘束で一万円だったはずだ。

田舎から出てきたばかりの優奈がバイトをするのも無理はないが――。

「知らなかったわ。まさかあなたが……」

「私もモデルになってまで、まさか水商売をやるなんて思いませんでした」

「えっ……ってことは、以前はやってたの？」

「あ……っとゴメンなさい、今の聞かなかったことにしてくれます？」

一瞬の間があって、絵里はなるほどと察した。

「まあいいわ。で、六本木ではいつから？」

「三カ月前からです。仕事のない日に週二、三日」

「……それは……お金のため？」

「ええ、美容代や洋服代、エステにネイルサロン、女ってほんっとお金かかりますからね」

ストローに添えられた指先は、シャンパン色に彩られていた。腕にはダイヤをちりばめたブランド物のバングル。品の良いカーフバッグは、確か日本未発売のものだ。

「やっぱり、お給料っていいのかしら？」

思わず口をついて出た言葉だった。しまったと後悔したときには、底に流れる好奇心を見透かしたように優奈は薄笑みを浮かべた。

「ええ、いくらもらえると思います？　日給五万ですよ。ママが私を気に入って優遇してくれたの」

「五万……」

「はい、夜の八時から一時まで、五時間で五万円」

絵里は脱力した。

「時給一万円ってことよね」

「ええ、その他にも、同伴・指名料のバックや、アフターではタクシー代としてチップをくれる方がほとんどですから、厳密にはもっとかしら」

「そんなこと社長にバレたら……」

同様に自分が会社に隠れてモデルをやっている身としては、他人のことを心配している場合ではないのだが。

「大丈夫ですよ、上手くやりますから。ああ～それにしても、夜の世界って欲と嫉妬にまみれて、もう大変！」

稼げる、優遇されていると自慢げな反面、優奈は急に膨れっ面になる。

「もしかして、お客さまのセクハラとか？」

「ふふっ、セクハラやオサワリなんて仕事のうちですよ。むしろ上手にスキンシップしてあげて、リピーターを増やしているんです。気に入ってもらえれば、さらにお給料アップになりますから」

「じゃあ、女同士のモメごとかしら？」

「あたり！　ストレスの根源は女同士のやっかみです。客に色目使ったとか、目立ちすぎとか、先輩ホステスの気分を損ねると嫌味の嵐。テーブルの下で、何度も脛蹴りが飛んできましたもん」

「脛蹴り……？　怖い世界」

思わず苦笑いがこみあげた。

「ＣＡにも怖い先輩っています？」

「ケリまでとはいかなくとも、フライト中『邪魔だから、今すぐ降りて』とか普通に言われたかしら」

「フライト中に？　私なら『降りますからパラシュート下さい』って言い返しちゃうかも」

「あとサービス中、熱々のコーヒーを入れたポットを、わざと手に押しつけられたこともあったわ。お客さまの手前、悲鳴はあげられないから、ぐっとこらえたけれど」

「ひどーい、CAでも陰湿な人っているんですね」

優奈は、もっと聞かせてとばかりに目を輝かせた。

「あ……でも、怖～い先輩はごくごく少数だから、勘違いしないでね」

「ふうん」

CAの下世話な裏話を断ち切られ、彼女は残念そうにストローを口に含む。

航空業界の裏話など山ほどある。パイロットとの不倫、三角関係にレズビアン、盗撮事件や小遣い欲しさに制服を売るCA——でも、暴露話は自分の品格も問われるというものだ。

「まあ、優奈ちゃんほどの美人なら、店内で目立つなって言うほうが無理よね」

その言葉に気を良くしたのか、優奈はうふふと高い鼻をあげた。

「私、思うんです。美しさってある意味、才能だなって」

「才能？」

「ええ、よく『容姿を武器にして』とか、ひがむ女っているじゃないですか？　でも、生まれつき計算が得意だったり、かけっこが速かったりするのと一緒で、生まれ持った美貌に磨きをかけて、最大限生かして何が悪いの？　って思います」

「まあ、大胆発言」

「だって、そうじゃありません？　同調圧力に支配されるのってこりごり。美人には、ブサイクにはない付加価値があるってもんですよ」

「そういうことは、思ってても口にしないの」

「女って、人気やお金、男が絡むと容赦なく攻撃するんですもん、頭にきちゃう。どこかの女優が言ってましたけど、美人と不美人じゃ生涯二億円の違いがあるんですって」

「二億？」

「ええ、小さいころ『君可愛いいね、お菓子買ってあげる』から始まって、大人になったら宝石やブランド品や豪華な食事。リッチな人ならマンションや車の一台も貢いでくれますし、海外旅行も連れてってくれる。その差が平均二億円」

くすりと笑う優奈が店で浮いている光景が透けて見えるようだ。こういうタイプの女はどこにでもいる。大学やサークル、ＣＡでも何人か見てきた。彼女たちに共通するのは、圧倒的な美しさと物怖《ものお》じしない気の強さ、自分が一番じゃなくてはすまない女王気質、プライド。そしてこのタイプはたいてい「自分はあなたたちとは違うのよ」的なオーラを放っている。

「二億円、いや、もっともっと凄いお金が手に入るんだって夢見ちゃいけませんか？　おブスな女と一緒の暮らしなんてまっぴらですよ」

　優奈は語っているうちに熱くなった。

「落ち着いて。同性への対応は、接客と同じくらいうまく立ち回らないと」

「ええ、わかってます……わかってますけど、私、才能の出し惜しみはしたくないんです」

「才能の出し惜しみか。うまいこと言うわね」

「女はやっぱり美しく生まれてきたほうが勝ちですよね。絵里さんも、その美貌に生まれて、勝ったって思ったことたくさんありません？」

「勝ち……？　何をもって勝ちだと思うのかしら？」

「すべてにおいて、美しいものは愛でられるってことですよ。同じことしても美人と不美人じゃ世間の捉え方が違いますもん」

「だからそう言うこと言わないの」

「さっきの話じゃないですけど、私がマノンで一緒に面接したＯＬなんて、同じ時間働いて日給二万円。その差は見た目以外の何物でもありません。今回のオーディションだって見た目とカメラ映えがすべてでしょう」

その言葉に、絵里の唇がわずかに震えた。

優奈は絵里が落ちたことを知っていて、煽っているのだろうか。しかも柏木とのおぞましい時間が、優奈の勝利の一助になったかもしれないことを、知っているのだろうか？

——でも、優奈の言ってることは、必ずしも外れではない。むしろ的を射ていることもある。面接を含むカメラテスト、容姿の良し悪しや、相手方の要望に対する迅速さ、勘の良さで合否が決定する。

「それに——」

優奈は通りをチラリと見た。

「道行く人が、みんな私たちのこと見てくのわかります？　美しさって引力なんです。引力のある女は価値があり、崇められる。それに見合う報酬を得る権利があるんですよ」

極端な物言いに絵里はため息をついた。

「あなたがどう思おうと勝手だけど、美しさイコール勝ちじゃないわ。もちろん幸福とも直結しない。現に絶世の美女と謳われた女たちの悲しい末路を知ってるでしょ。ヴィヴィアン・リー、マリリン・モンロー、美しく生まれてきたがゆえに、身を滅ぼす女もいるのよ」

「それは、美しさとバランスのとれた知能が欠落しているんですよ。もしくは、美に群がる男たちの操縦が下手くそか」

優奈は毅然と言った。

よほど店で陰湿なイジメを受けてるのだろうか？

「老婆心というわけじゃないけど、ＣＡの世界で美しさと知性を兼ね備えた素晴らしい人をたくさん見てきたわ。美しさは確かに武器になるけれど、それだけじゃダメよ。あと十年もしてごらんなさい、外見には知性や内面がはっきりと表れるから」

「さすが、企業面接みたいな模範的な答えですね」

「何が言いたいの……？」

「でも、絵里さんはその美しい場所から、モデルの世界に飛びこもうとしてる」

「……」

「やっぱり注目されたいんじゃないですか？」

「……それは」

「私にはわかります。その道を追求したいんですよね？」

一瞬、ミスコンで優勝した女子アナと優奈の顔が重なった。

「……あっと、ごめんなさい。こんな話をするためにここに来たんじゃありませんでした。絵里さん、よかったら六本木の店に遊びに来ません？」

「店に？　どうしてかしら？」

「いいじゃないですか。高級クラブに行くことなんて、まずないでしょう」

「――まさか、私を夜の世界に引っ張るつもりじゃないでしょうね」

「もう、違いますよ」

「もしかして、愛人斡旋とか？」

その言葉に、優奈はぷっと噴き出した。

「いいえ、絵里さんには、学生時代からの彼がいるの知ってますから」

「じゃあ、なぜ私を……？」

「率直に言いますね。モデルとして勝負しません？」

「勝負？」

「私も絵里さんも半年前から同じ事務所に所属した、いわば同期」

「だからって、いきなり勝負ってどういうこと？」

絵里の棘のある口調にも臆せず、優奈はくすりと笑う。

「私、ライバルがいるほうが燃えるタチなんです。勝手に絵里さんのこと、ライバルだと決めてるんです。なのに最近の絵里さんたら、ちょっとくすぶってるからなあと」

「ずいぶんな言いぐさね。ライバルって言われても立場が違うじゃない。私はCAと掛け持ちだし、あなたもホステスと兼業。勝負が成立しないわ」

「逃げないでくださいよ。とにかく、まずは私の職場を見て下さい。これは私の宣戦布告ですよ」

「宣戦布告って……優奈ちゃん、あなたちょっと変よ」

呆れて苦笑すると、優奈はふっと真顔になった。

「変じゃありませんよ。私、モデルで成功するなら、ホステスなんていつでも辞める覚悟はできてますから。だから働いてる間に、夜の世界を絵里さんに見てもらおうと思って」

「自信満々ね。まるで、すぐにでも成功して辞めるような口ぶりだわ」

「ええ、そのつもりです。でも——それとは別に夜の世界って面白いですよ。一度見ておいて損はないです」

「さんざん愚痴をこぼしてたわりには、やけに熱心ね。ホステス同士の諍いなんて見たくないわ」

「見てほしいのはお客のほう。男は昼と夜じゃ別の顔ですもの。あの人がっていう大物がお店で若い娘にデレデレになったり、テレビじゃ偉そうなことばかり言ってる評論家が必死で女の子を口説いたり。権力者も色と欲の前では無防備になって、素顔を曝《さら》け出すんです」

「それが私たちの勝負と関係あるの？」

「ええ、私はあくまでもフェアに戦いたいんです。それに超ＶＩＰがいたら、絵里さんにもご紹介しますよ。どの世界にも人脈は大切ですから」

「その上で勝負しようってわけね」

「はい、絵里さんにとっても、決して悪い話じゃないはずですよ」

優奈は余裕の笑みで、ローズヒップティーをひと口飲む。

「ありがとう、考えておくわ」

それだけ言い終えると、絵里は自分の代金を置いてテーブルをあとにした。

第二章　二人きりのスタジオ

1

「絵里ちゃん、いい顔だねえ、そうそう、もっと色っぽく俺を誘うように胸を突きあげて」

二カ月後、絵里はＣＡを辞めてプロのモデルとしてカメラの前に立っていた。

その決意を後押ししたのは優奈の宣戦布告だった。

スタジオに流れるアップテンポの音楽に紛れ、シャッター音が響いている。

今日は二十代の女性を対象とした通販ランジェリー「ＲＩＳＡ」のカタログ撮影だった。

淡いパステルカラー、レースやフリルを使った夢見心地なデザインは、マカロンで有名な洋菓子店「ピエール・ラデュレ」社とのタイアップも話題となり、じわじわと知名度をあげつつある。

今、絵里が身に着けているのはラズベリー色のハーフカップブラと、パンティのセット。光沢あるサテン素材が、鏡に映る真珠色の肌をいっそう愛らしく染めていく。

スタジオ内は、パリ十六区のアパルトマンをイメージしたロマンティックなインテリア。出窓にはレースのカーテン、猫足イス、ふかふかのベッドがスタイリッシュに置かれていた。

オーディションなしの仕事なので、ギャラはそれほど高くないが、モデル選考にあたっては、「グラマラス過ぎないボディ、なおかつ正統派美人」というクライアントからの依頼を受け、宣材写真を見たカメラマンが絵里に白羽の矢を立てたのだ。

ランジェリーと言っても、そこは女性向け。セクシーさよりも、むしろ健康美や同性に支持される素養が重視される。あからさまな色気はご法度だ。

肉感的すぎない絵里は適役だった。

シャッター音を聞きながら、絵里のテンションは、緊張しつつもあがる一方だ。

「う〜ん、キレイだよ。次はベッドに寝そべってクッションを抱いてみようか」

「はい」

小花をちりばめたクッションを抱きしめた。頬杖をついたり、うつぶせになって折った膝下をパタパタしたり、うっとりと髪をかきあげたり、あれこれとポーズを取っていく。

カシャ、カシャ、カシャッ——！

視線はレンズよりも心持ち上。そのほうが瞳がより大きく見える。

「お、いいねえ、その顔。そのままウインクしてみよう」

「こうですか？」

艶《あで》やかな唇をわずかにめくらせて、誘うようなウインクを投げる。

「うんうん、いいよ。やっぱり俺が見込んだだけあるな」

ご機嫌にシャッターを切るカメラマンに、絵里はホッと胸を撫でおろす。

彼は鬼才と呼ばれる大御所写真家・根岸紀夫《ねぎしのりお》の長男・根岸紀人《のりと》だ。まだ三十代の若手だが、確かに父の才能を受け継ぐ敏腕カメラマンで、腕はすこぶるいい。

微細な角度、光度、ぼかし具合、わずかの隙をついて見せる被写体の無防備な魅力を、緻密な計算を織り交ぜて収める技術は、まさに天性としか言いようがない。彼の写真は幾度となく目にしたが、目的やターゲット、被写体の魅力により、別人が撮影したのかと思えるほどに、様々な色合いを醸し出していた。

しかし、権威をかさに着た居丈高な態度というＤＮＡまでも受け継いでしまったらしく、目下の人間にはことさらきつく当たる。周囲が顔色を窺《うかが》って始終ピリピリ神経を張りつめていることに、彼自身気づいているだろうか。

自分の腕に揺るぎない自信を持っているせいか、一時間ほど前にもカメラアシスタントの男性が怒鳴られ、スタジオから追いだされたところだ。

業界では悪評ばかりが立つ人物だが、誰もが知る大御所カメラマンの息子、同時に将来を嘱望された実力派写真家に面と向かって文句を言える者はいない。

午前中から始まった撮影は、かれこれ五時間ほどが経過していた。

身に着けたブラとパンティのセットは実に十数点。カットごとに髪や化粧の手直しをするヘアメイク、ランジェリーの管理をするスタイリストの女性も更衣室とスタジオを忙しなく往復する。

その撮影も、残すところワンカットとなった。

「じゃあ、絵里ちゃん、ラストいくよ」

「はい、お願いします」

にわかに緊張感が走った。後ろで控えるヘアメイクとスタイリストの女性陣も息をひそめて立っている。

ラストカットは、今回の撮影のイチオシ商品だった。

純白のストラップレスブラとサイドをリボンで結んだパンティは、上質なリヨン製のシルクで、デザインも肌触りも抜群にいい。

そして、ランジェリーを引き立てる名脇役として、清楚な真珠のネックレスが、絵里の細い首元を美しく飾っている。

「じゃあ、椅子に腰かけて、好きにポーズをとって」

「はい」

言われるまま、猫足の肘掛椅子に座った。背後にある出窓とレースのカーテンが、ひときわ甘やかな雰囲気を醸し出している。

そろえた脚を組み替えたり、耳たぶや髪に触れてみたり、視線を流したりと、次々とポーズを決める絵里に、初めこそ機嫌よく撮影していた根岸だが、
カシャーン――！

派手な硬質音がスタジオ内に響いた。

「す、すみません」

ヘアメイク担当の熊野《くまの》が、手にしたヘアスプレーの缶を落としたのだった。黒いTシャツを着た背中がコロコロと転がる缶を追いかけている。その名の通り、熊みたいにのそりとして、髪をひっ詰めにしているあか抜けない女だ。

不機嫌さをあらわにした根岸が、カメラを持ったままチッと舌打ちをする。

「何やってんだ！　気が散るんだよ」

「申し訳ありません！」

ひたすら身を縮めて謝る熊野だが、これで琴線《きんせん》のようにピンと張りつめた彼の集中力を一気に削ぎ取ったらしい。

気分を損ねた彼は、

「もういい！　あとは絵里ちゃんと二人で進めるから、お前らスタジオから出てってくれ」

憮然と言い放った。

「えっ？」

絵里があっと思った時には、熊野はスタイリストを連れだってそそくさと退散していった。

（ちょっと、待って！）

二人とも振り向いてはくれなかった。撮影前のヘアメイク時、根岸の怒りを買ったが最後、今後の仕事に支障が出ると言っていたのが思い出された。

「よーし、もうこれで邪魔者はいなくなったな」

ニヤリとする根岸に、絵里は言葉を失ったままだ。

スタッフたちはドアの前で待機していてくれているのだろうか。何かあれば、すぐに駆けつけてくれるだろうか。最初に追い出されたカメラアシスタントはどうしているのだろう。

「そうだ、ちょっと趣向を変えて、座ったまま脚を組んでくれるかな。セクシーにだよ」

彼は再びカメラを構え始めた。絵里が茫然としていると、

「ほら、どうしたの。早く」

「あっ、は、はい……」

こわごわ片足をあげ、脚を交差する。

「そうそう、脚のラインが綺麗だねえ。最高だ」

カシャッ、カシャッ——！

シャッター音は止まらない。

次第ににじり寄る根岸に、何も言うことすらできず、指示されるままに笑顔を作り、ポーズを決め、無事撮影が終わることを願った。

「いいねえ。次は足を組んだまま、腕でしっかり胸の谷間を寄せあげてみようか。ほら『だっちゅーの』って昔あったよね」

「え……はい」

言われた通り、震える腕を交差してぐっと乳房を寄せると、柔らか膨らみがぷっくりと膨らんだ。心なしか、シルクにあたる乳首がツンと盛りあがるのがわかった。

（いや……私ったら）

昂揚しているのは、緊張のせいだけではない。不意に柏木との一夜が思い出されたからだ。彼は根岸のように、何度も「きれいだ、最高だ」と褒め称えながら、自分の欲望を満たしていった。

汚らわしさは拭いきれない。だが、シャッター音を聞くたび、体の奥から熱いざわめきが沸き立ってくる。

見られている――自分は見られるに値する価値がある、将来を嘱望された名カメラマンの被写体になっているという優越感と、写真が世に出たときに注がれるであろう男たちの熱い視線を思うと、興奮で胸が高鳴る。

と、ここで彼は妙なことを言いだした。

「ねえ、座ったまま、肘掛けに両足をかけてくれるかな」

「えっ？　脚を……ですか？」

啞然とした。カタログに不必要なショットだ。

俗にいうM字開脚。パンティのクロッチ部分が真正面に来て、ファッション誌が聞いて呆れる。これじゃまるで、男性向けの下品なグラビアではないか。

「ほら、どうしたの？　次の撮影が迫ってるから早く終えたいんだけど」

「……あの……これって女の子向けのカタログじゃ……」

「だからなに？　カメラマンの要求するポーズで応じるのがモデルだろ？」

「で、でも――」

「できないの？　できるの？　どっち？」

一度は治まった根岸の苛立ちが戻ってきた。

「や、やります……」

絵里は震える脚を片方ずつ肘掛けに置いた。太腿の裏があらわになり、クロッチ部分がグッと股間に食いこんだ。

根岸の目が一瞬、秘部に釘付けになったのがわかった。

「いいねえ、このショット、アップで撮るか」

「えっ……そんな」

慌てて手で覆った。純白のシルク素材ゆえ、恥毛が透け見えているはず。しかも朝から続いた撮影で体は汗ばんでいる。

「手、邪魔だ」

根岸は苛立たしげに言いながら、カメラを構えた。もはや彼はモデルをいたぶるサディストに変貌している。

(でも、ここで逆らったら……)

彼は将来、父を継ぐ有名写真家になることは間違いない……。

「よーし、次はベッドに仰向けになって、挑発的に俺を見つめてくれるかな」

「あの……このカタログには関係ないんじゃ……」

「いいじゃないか。絵里ちゃんだってブックに入れたら宣材として使えるだろう。今後、男性誌からのオファーも来るかもしれないよ。さあ、早く」

「……わかりました」

なかば強引にベッドに促され、渋々ポーズを取らされた。

「よーし、いいぞ」

根岸が仰臥した絵里をまたぐ。

「ちょ、ちょっと、やっぱり待って下さい！」

「うっせーな。ごねるとお宅の事務所のモデル、二度と使わねえぞ」

「そんな……」

根岸が真上から覆いかぶさんばかりに、カシャカシャとシャッターを切ってくる。

「ほら、もっと笑え。脚広げろよ」

絵里は仰向けのまま、わずかに太腿を広げた。恥ずかしさと混乱に、滲む涙が視界を曇らせる。

「そうそう、その怯えた表情がいいんだよ」

カメラが迫る。いや……やめて……。

震える体をまたいでいた根岸が片膝をついた。ズンとベッドが沈みんだその拍子に、広げた腿の内側に膝頭が密着した。

「あッ……」

「う〜ん、ぞくぞくするよ」

彼は絵里の動揺を十分理解したうえで、どんどん接近してシャッターを切っていく。

「あ、あの……待ってくだ……さ」

カシャ、カシャ、カシャッ——！

恥丘に何かが触れたと思った、次の瞬間、それがチノパンごしの根岸の勃起だとわかった。

「あ……いやっ」

そう叫んだ時には、根岸を振り払っていた。彼は一瞬体勢を崩したものの、すぐさま姿勢を正しカメラを向けてくる。

（こんなことって……）

悔しさに身をよじった。再びじりじりと屹立が太腿に食いこんでくる。

と、ファインダーから顔を離した彼が、呆れたように言い放った。

「お？　絵里ちゃんのアソコ濡れてるよ。パンティまで染みてる」

「えっ」

慌ててクロッチ部分に触れてみると、ねっとりと熱い蜜がシルクを通して伝わってきた。

「困った子だなあ。そんなことなら——」

彼はカメラをベッドの端に置いた。サイドのリボンが素早く解かれる。肌が冷気に触れたと思った瞬間、パンティが呆気なく取り去られていた。

「いやッ！」

「おっ、いいねえ、美人でもついてるもんは一緒だな」

逃げようとする絵里の体をがっちりとガードした手は、上半身に矛先を変え、器用にブラホックを外してくる。

「あああっ……」

体を丸め必死で抵抗した。決してブラを外されまいと片手でガードし、もう一方の手をぶんぶんと振り回し強く拒絶の姿勢を見せた。

ところが、

「やめてッ！」

そう悲鳴をあげた瞬間、胸元が楽になった。肩紐のないブラは頼りなげに落ち、乳房がこぼれ出た。

「ああッ！　誰か、誰かいませんか？　熊野さん、そこにいるんでしょう。来てください!!」

ドアが開く気配はない。屈辱にまみれつつも弾む乳房を手で覆い、もう一方はヘアを隠した。愕《おどろ》きと恐怖で自分でも声を発しているのかさえ定かでない。夢でも見ているのではないかと、瞼の奥が鈍い痛みで真っ暗になる。

（お願い……誰か気づいて……みんなは何しているの——？）

こわばる体からはカッと粘つく汗が吹き出した。

「叫びたきゃ叫べよ、あいつら、ドアの前で待ってるんだろうよ。そのかわり、俺に嫌われたら今後の仕事は全部白紙だということもわかっている。お前もモデルのはしくれとして、この世界の常識をよく覚えとけ」

「そんな……」

膝頭はムニムニと太腿をこじ開けてくる。気色ばむ声が、とたんに猫撫で声になった。

「ねえ、ちょっとだけ見せてよ。絵里ちゃんの隠してる場所」

「いやっ……いやです……ああっ」

抵抗する手首が押さえつけられ、乳房が剝きだしになった。

「ふうん、きれいなオッパイだね。もう少し乳首がデカけりゃ最高だな。ちょっと崩れた感じの体もそそるんだよなあ」

言いながら膨らみを乱暴に揉みしだき、乳首に唇をかぶせた。

「ああ……アンッ……」

一瞬の間に、舌がペロペロペロッと蠢き、下腹が熱い痺れに見舞われた。

押しのけようとした腕が意志に反して力を失っていく。

「ピンピンだよ。敏感な乳首だなあ」

チュッ……チュチュッ……。

たっぷりと乳房に唾液をまぶした後、根岸の手は下半身へとおりてきた。

「うッ……」

柏木に次いで、根岸にも凌辱を受けるなんて……一瞬、恋人の祐樹の顔が浮かんだ。「逆らったらモデルとしての成功はない」――その言葉が、全身をがんじがらめにしていく。まるで毒液を注入された蝶のように身動きが取れない。

諦めに包まれた体から、さらに抵抗の意志が奪われていく。

ベッドから降りた根岸は、絵里を座らせたまま、M字に開いた内腿に手をあてがい、股ぐらを眺めてきた。煌々と灯るスタジオの照明が、絵里の秘園を余すことなく照らしている。

「へえ、二十四歳のモデルのわりには、結構きれいなオマ×コしてるね。ピンク色だし、ビラビラも小さくて可愛いよ。今まで何人の男とヤッたの？」

「く……」

絵里はいやいやと首を振る。

「なんだよ、つまらん女だな。『Ｒａｙ－Ｊ』の専属モデル・中西リンなんて、俺にハメられたまま、嬉しそうに落とした男の名前を挙げてきたぜ。もっとも、アイツはサセ子だからユルマンでまいったけどさ。その点、絵里ちゃんのオマ×コは俺が見た中で三本の指に入るくらい美マンだよ。へへへ」

「ああっ」

根岸はふうっと息を吹きかけてきた。

もう一度、熱い息が吹きかけられる。

「くッ……も、もう……許してくださいッ」

絵里は顔をくしゃくしゃにしたまま、唇を嚙みしめる。

「ここはイヤがっちゃいないぜ」

必死に閉じようとするが、内腿にあてがわれた手がそれを許さない。そればかりか、指が淫裂をなぞってきたのだ。

ゆっくり、ゆっくりと上下する感触に、意に反して女の蜜が溢れてきた。

ヌチュッ……ツプッ……。

「ン、ンンッ……ハアッ……」

「ほうら、もう充血してぽってりだ。エロいな」

指は焦らすように縦溝に沿ってなぞり、摘まんだ花びらを揉みこんでくる。

「アアッ……」

「こうやってビラビラを撫でられるだけじゃ、物足りないだろ?」

根岸は花弁を挟みつつ、人差し指の先でなぞりあげ、なぞりおろす。もどかしげに尻を揺する絵里を嘲笑うように、浅瀬だけを掻き擦ってくる。

膨らんだ花びらがめくられた瞬間、すかさず根岸は頭を股間に突っこんだ。

湿った息が熱風のようにさらに強く吹きかかった。

ピチャッ……レロ、レロ……。

「アンッ……アアンッ……」

差し伸ばされた舌が潤んだ花に触れ、嬲《なぶ》り始める。

ピチャ……チロ……ピチュ……。

信じがたいほどの水音が鼓膜を打った。まるで全身の水分がそこに集中したのではないかと思えるほどに夥《おびただ》しい潤いが溢れ、啜られていく。

「んん、絵里ちゃんのここ、すっごくスケべな味がするよ。なんだかんだ言って、俺にこうしてほしかったんじゃないの？」

舌先がクリトリスをねぶりあげる。

「クッ……ウウウ」

ひくんと背筋に電流が走った。ガクガクと痙攣させながらも、絵里はこの倒錯した快楽から逃れられずにいた。本当に嫌なら大声をあげればいいのだ。力の限りこの男を突きとばして、逃げればいいのだ。

逃げなくちゃ——ああっ！

「ほおら、まだまだ溢れてきた」

チュプッ……チュプッ……。

「ああっ……くう」

舌が躍るたび、腰がくねりあがった。痙攣を繰りかえす脚はシーツをすべり宙を蹴っている。震える唇の隙間から漏れるのは、悲鳴ではなく淫靡な吐息だった。

熱い涙が頬を伝い落ちた。

「ねえ、ＣＡだったんだって？」

花唇を強く吸引しながら、根岸の右手が乳房に這いあがってきた。

「クウッ……は、はい……」

意表をついた問いかけに、わけもわからず返答していた。

手は膨らみをじっとりと揉みしだき、乳首を摘まみあげる。女園にはヒルのように這い回る舌と唇が、溝から花びらを丹念にしゃぶり、吸いあげ、甘噛みを始めた。

「ッ……く」

「どこのエアライン?」

「っく……ス、スカイアジアです……」

頭の中に朦朧と霞がかかっていくが、なぜか彼の問いに答えてしまう。

「インター? ドメス?」

「ンンッ……ドメスです」

「何で辞めたの? モデルなんかよりずっと花形職業じゃないか」

クチュッ、クチュ……クチュリ……。

「アアッ……答えますから、唇を離して……ンンッ」

「だめだ、このまま答えろ」

溢れ出る粘液がツツーッと内腿を肛門へと伝っていく。根岸は肛門周辺まで丹念に舐め、再び女のとば口をチュッと吸いあげる。

舌はいっそう激しく揺れ踊った。

「……だ、大学時代……ミスコンで準ミスになって……」

汗ばんだ両手はシーツを握り締めた。

「なるほど、その栄光が忘れられないってわけか」

クリトリスを吸いながら、乳首がひねられ、潰され、転がされる。

やがて乳首を離れた手は、唾液と愛蜜に濡れた秘部をじっとりと這い回り、ズブリと刺し貫いた。

「はあッ……くうッ！」

「こんだけ濡れてりゃ痛くないだろう」

凝縮した肉ヒダにねじこむ指が鉤《かぎ》状に折れた。

「っ……くくく」

ゆっくりと膣内が掻き回される。ますます明瞭になる水音に、根岸は嬉々として粘膜に爪を立ててきた。

「おおっ、結構いい締まりしてるね。指がちぎれそうだよ」

指が前後に動き始めた。たっぷりと滲み出た花蜜が潤滑油となり、律動を後押ししていく。

ヌプッ、ヌプッ――。

「あぁッ……はぁッ」

激しい抜き差しが立て続けになされ、絵里は総身を波打たせた。刺し貫かれるごとに、指に吸着する女襞が引き攣《つ》れ、あがけばあがくほど、意思とは別に淫肉がいっそう指を食いしめた。

いや……いや……。あまりの収斂《しゅうれん》に粘膜ごと持って行かれそうになる。乱打する膣上部は的確にGスポットを探り当て、なおも執拗な摩擦と圧迫を加えてくる。

やがて淫靡な水音がスタジオ内に響き始めた。

(お願い……誰か助けに来て……)

何度も果てそうになるたび、根岸は手の動きを止めた。卑猥な薄笑みを浮かべては、絵里の欲望をお預けにしてくる。強烈な焦らしを浴びせ、さらにいたぶるように。

「もう降参か?」

ヌプッ……ヌププッ……ジュボジュボ、ジュボジュボボッ……!!

「ヒッ、もう……ゆるし……」

再び指が蠢いた。苛烈に暴れる先端が、粘膜を破らんばかりに穿《うが》ちまくる。弓なりに体をのけ反らせたまま、ぎゅっと奥歯を噛みしめた。

「アアッ……もう、ダメ……」

「イキそうなんだろ？　イケよ、イッてみろよ」

鉤状に折った指が、やすりのように襞を削ぎ、粘膜をたわませる。内臓が引き攣れ、全身がもんどりうった。

「アアッ、イヤァァアアアッ！」

「おお、限界か？　じゃあイケよ、イッちまえ！」

ヌチャッ、ヌチャッ――！

膀胱が圧し叩かれ、堪えていたものが鋭く爆ぜた。一気に力が抜けると、

「あぁっ、あああぁっ」

ピュピュピュッ……ピュピュピュッ……！

透明な弧を描き、勢いよく飛沫が飛び散った。

「おお」

ピュピュッ、ピュピュ……！

「い、いやぁ……あああ」

茫然とする瞳の先には、媚液が水鉄砲のように噴き出していく。

「すごいなあ、絵里ちゃん潮吹いちゃったよ」

「くうっ……」

「おお、また出てきた出てきた」

ショロ……ショロ……ジョロロロ……。

「すげえなあ、手マンでこんだけ吹く女初めてだよ」

目を疑った。びしょ濡れに変色したベッドカバーを、絵里は放心状態のまま見入るしかなかった。

クチュリ……。

指を引き抜くと同時に、溜まっていた体液の残滓がドロリと吹きこぼれた。

事態を呑みこめずに凍りつく絵里に、

「じゃあ、お礼に俺も気持ちよくしてもらおうかな」

再び、顔にまたがってきた根岸は、盛りあがった股間のファスナーをおろし始める。

まさにその時だった。

「ちょっと！　なにしてるのよ」

ドアが開き、カツカツと響くヒールの音に目を向けると、玲子が鬼の形相で駆けてくるではないか。

「社長！」

咄嗟に根岸を押し退《の》けた。引きはがしたシーツを頭からひっかぶり、一目散に玲子のもとに駆け寄った。

「根岸さん、あなたいったいどういうつもり？」

「これはこれは、いえ、星玲子社長じゃありませんか。今日も美脚キラーのミニのスーツでお出ましですか」

「バカにしないで、いったいどういうこと？」

「いえいえ、カメラマンとモデルのコミュニケーションってやつですよ。絵里さんも結構ヨガってましたよ。潮まで吹いて、セットがぐちゃぐちゃ。なんなら匂いでも嗅いでみます？」

「や、やめて下さい！」

絵里は玲子の後ろに隠れたまま、シーツで顔を覆った。

「満更でもないってことですよ。おたくの可愛いモデルさんも。じゃ、僕はこれで。片づけはうちの使えないアシスタントにやらせますんで」

そう吐き捨て、カメラ機材を持ってすたすたと歩いていく。

茫然となった絵里が気づいたときは、彼の姿はスタジオから消えていた。

「絵里ちゃん、申し訳ないわ、許してちょうだい」

玲子は深々と頭をさげる。

「社長……」

怒る気力さえ持ちえなかった。

緊張の糸が切れると、抑えていた涙が一気に頬を伝い落ちる。

言葉を失ったまましゃくりあげた。今さらながら事の重大さ、軽率さにどうしようもない自己嫌悪が降り注いでくる。

「……ごめんなさい。お父様の根岸先生にはずいぶんとお世話になってるし、今回のことは黙っててくれるかしら」

「え……？」

「もちろん、今後いっさい、あの人とは仕事させないから」

予期せぬ言葉に、絵里は二重のショックを隠せない。

「お願いよ。あなたも上を目指す人間なら、わかるでしょう」

「わ……わかりまし……た」

泣く泣く承諾した。

シーツに包まったまま、しばらく無言で立ちすくむ。

「それよりいい話があるの」

一転、玲子が明るい声を出した。

「いい話……？」

「オーディションの話よ、とりあえず着替えてらっしゃい」


「さっきはすみません……」

スタジオから事務所に向かう帰り道、玲子の運転するフェラーリは青山通りを走行していた。

「謝るのはこっちのほうよ、あのドラ息子と二人きりにさせて申し訳なかったわ」

「……で、オーディションの話って何でしょう？」

「そうそう、なんと大手飲料メーカー・リヨン社のミネラルウォーターのＣＭよ。

一次選考通過したの、すごいことよ！」

「えっ、本当ですか？」

「あのＣＭから女優やタレントに転身したモデルは多いでしょう？」

玲子が浮かれるのも当然だ。リヨン社のミネラルウォーターがきっかけでブレイクしたモデルは数知れない。モデルから女優へとステップアップする登竜門と言ってもいい。

「いろいろ考えたんだけれど、絵里ちゃんはモデルとしては小柄だから、いっそタレントとか女優に転身したらどうかしら？」

「私が……タレントか女優に？」

信じられない思いで玲子を見つめた。

「そうなさい、私も応援するから」

「あ、ありがとうございます！」

先ほどまで重く黒々した思いは幾分か和らいでいた。

「まずは、明後日のオーディションを頑張りましょう。大丈夫よ、美人だけど派手すぎない印象の絵里ちゃんならきっと合格よ」

玲子がアクセルを踏みこんだ。

2

「次の方、どうぞ」

「はい」

すっと立ちあがった長身美女の後ろ姿を見ながら、絵里は高鳴る胸の鼓動を深呼吸で和らげた。

サラサラの艶髪にほどよく引き締まった彼女のスタイルは、ボディにフィットした白いブラウスと紺のタイトミニに包まれている。一切のアクセサリーを着けない潔さが、より内外の美しさを際立たせていた。

彼女がドアの向こうに消えると、絵里は周囲を見渡した。

——指定された銀座のオフィスビルの五階フロアー。

その一室には十代後半から二十代のモデルたちが、十五名ほど待機していた。

二脚ある長机の中央には、リヨン社のお茶や紅茶が紙コップとともに用意されており、自由に飲める。指定された時間に十五名いるということは、二次選考は実質この五倍はいるのだろう。タイプは違えど、皆、書類選考を通過したいずれ劣らぬ美女たちだ。

あどけなさの残る無垢な美少女、小麦肌のエキゾチック美人、ひな人形のような高貴さを醸し出す清楚系――。

一人の子もいれば、マネージャーらしき男性に付き添われている子、同じ事務所と見られる数名のグループもいる。

すでに別室でカメラテストをし、面接待ちの状態だった。

（もう少しで私の番ね――大丈夫よ、きっと大丈夫）

絵里は手にしたプロフィールシートと、宣材写真の入ったブックを握りしめた。

アップ・半身・全身写真の三種類が貼られたプロフィールシートには、名前とスリーサイズ、モデル事務所名が記され、面接官に提出する。

ブックは過去の撮影写真や広告などを収められた自分の資料で、オーディションには欠かせないアイテムである。

絵里のブックにも、ブライダルや水着姿、スーツや着物などの写真が収められていた。

（大丈夫、私が一番光っている、私が一番魅力的よ）

心で呟《つぶや》いているのは、玲子からアドバイスされた暗示法だった。

他にどんなに美しい女性がいようと、どんなにテレビや雑誌で活躍しているモデルがいようと「自分が一番だ」と言い聞かせることが大事だ、と。それが、より上質なパフォーマンスにつながるのだと。

バッグから手鏡を取り出し、メイクのチェックをする。

今回の注意事項として、ナチュラルなメイクと、体のラインがわかる服装でとの通達があった。絵里はさっとパウダーをはたき、唇に透明なグロスを塗った。丁寧にブローされたストレートヘアも決まっている。

選んだ服は、ボディに吸いつくような白いミニワンピース。七センチのシルバーのサンダルはほっそりした脚を、より美脚に見せてくれるはずだ。

商品がミネラルウォーターゆえ、透明感が必須なのだ。何色にも染まらない気高さ、ナチュラルな健康美、そして、ファミリー商品としての親しみやすさ――。

(うん、完璧)

鏡に向かってニッコリと微笑んだとき、

「次の方、どうぞ」

絵里の番が来た。呼吸を整え立ちあがる。

「失礼いたします」

シンプルな二十畳ほどの室内には長いデスクが並び、三名の男性面接官がいた。彼らの左側には、面接風景を動画撮影するカメラマンが三脚カメラを構えている。

おそらく一人が監督、残りはキャスティング会社の人物だろう。全員がカジュアルな格好をしている。

「お待たせしました、それじゃ、どうぞよろしくお願いします」

中央に座る黄色いポロシャツの男性が、にこやかに言った。

「レヴィ・プロモーションからまいりました、田崎絵里です。よろしくお願いいたします」

何人も面接しているせいだろう、三人とも目の下あたりにわずかな疲労が見える。

プロフィールシートを、ブックとともに中央の男性に手渡した。

面接官は順にブックや写真を眺め始める。

「一応、事務所には確認しているけど、今現在、競合飲料メーカーの仕事はしてないよね？」

左端に座るボーダーシャツの男性が口火を切った。

「はい、大丈夫です」

「AV出演の経験もないよね？」

「はい」

　これはよく訊かれる質問だ。

　今度は右端の黒縁メガネの男性が訊いてきた。

「モデル歴は何年かな？」

「半年です」

「二十四歳でキャリア半年か。それまでは何をしてたの？」

「国内線のCAをやっていました」

「ほう、CAか。こりゃまた珍しい。どこの会社？」

　ボーダーシャツの男性が食いついた。

「スカイアジアです」

「へえ、あそこの会社のCMや広告はうちが手掛けたんだよ」

「本当ですか？　たしかイメージモデルは、今や女優で大活躍の相田《あいだ》ミリさんですよね。当時CAの間で『本物のCAよりも制服が似合う美女』って評判でしたもの。ボーイング777をバックに撮影したショット、本当に素敵でした」

絵里は上品に微笑んだ。

「嬉しいな。あの撮影は、日の出待ちでけっこう苦労したんだよ」

なかなか調子がいい。ＣＡというベースがあってこその話題がどんどん膨らんでいく。

「プロフィールの欄に慶陽大学、準ミス・キャンパスって書いてあるけれど」

「はい、友人が推薦してくれて、気づいたら最終選考まで行って準優勝をいただいていました」

「準ミス・キャンパスにＣＡか、納得の美貌だね」

「いえ……そんな」

話は弾んでいる。面接時間も他の候補者よりも長い気がする。面接時間の長さは、ひとつのバロメーターかもしれない。問題はこの面接風景のムービーを見たスポンサーや代理店が気に入ってくれるかだ。

「で、最後の質問だけど、田崎さんは必要なら脱ぐことも平気？」

右端に座る眼鏡の男性に訊かれ、絵里は一瞬固まった。

「こ、このＣＭで脱ぐんですか？」

「いやいや、これはファミリー向け商品だから、セクシーさより透明感や清潔感が重要なんだ」

「要は、それくらい本気かってことだ」

中央に座る男の威厳に満ちた低音が響いた。

「どうかな？」

穏やかだが、男は再度訊ねてきた。おそらく、どぎつい質問を浴びせて絵里のやる気を測っているのだろう。ここで「できない」と言えば振り落とされる確率は高い。でも安易に脱ぐモデルと思われるのも癪《しゃく》に障る。

カメラは回っている。早く答えなければ――。

ヌードを晒《さら》し、成功を摑んだモデルや女優は少なくない。

要はタイミングと話題性、大衆からの支持だ。

絵里は深呼吸して微笑んだ。

「はい、もちろん大丈夫です。自分が納得していいお仕事ができるなら、私は喜んで脱がせていただきます」

堂々とした発言に一同「ほう」とうなずいた。

手ごたえを感じた。このオーディション、絶対に勝ち取ってみせる。

絵里は昂揚した面持ちで会場をあとにした。

数日後――

「……志賀《しが》さん、リヨン社の仕事、私にくれないかしら」

目前に広がる西新宿の夜景を見ながら、黒いロングドレスに身を包んだ優奈はそっと呟《つぶや》いた。落ち着きある重厚なソファーセットにダイニングテーブル、壁にはボタニカルの絵画――シティホテルの一室である。

革張りのソファーに身を沈め、赤ワインを飲む優奈の隣には、志賀と呼ばれた五十代半ばの男性が座っている。シックなスーツ姿にイタリア製のネクタイ、櫛目の通った長めの銀髪。ダンディと形容していいだろう。

彼の右側に座ったのは、左スリットから覗く太腿を見せつけるためだ。

「それを言うために、わざわざアフターに誘ったのか?」

閉店後、ホテルで呑み直しましょうと告げたのは優奈のほうだった。

すでに三度寝ているマノンの上客だ。

「お願い、IT企業のイメージガールも決まったから、ここでもう一つ箔《はく》をつけたいのよ。リヨン社と二つが決まれば一気に知名度があがるわ」

「お前の箔のために、うちの会社を利用しないでほしいね」

志賀はあくまでも冷徹に言い放つ。

「そんなこと言わないで。スポンサーからのプッシュは絶大なのよ」

優奈は志賀の膝にぴったりと密着させ、ズボンごしの太腿に手を置いた。

「よせ、ここは店じゃないんだぞ」

「もう……煮え切らないんだから」

六本木のクラブ「マノン」で知り合って二カ月、男女の関係になって一カ月。大手飲料メーカー・リヨン社の幹部である志賀に対しては、むしろ優奈のほうが積極的だったと言える。

優奈は北海道札幌で生まれ育った。父は工務店を営み、裕福な家庭だったが、高校にあがった時、父がゼネコン下請けの建設会社から不渡り手形を掴まされた。いい仕事を回してくれていた、信頼できる得意先だっただけに、金銭的にも精神的にもダメージを受けた父のショックは大きかった。

一部のマスコミがここぞとばかりに報道したことも大いに影響した。

それでも懸命に金策に駆けずり回った父だが、資金手当てはできず倒産の憂き目に遭った。

しばらく帰らぬ日が続いた父は、自宅と会社が一望できる小高い丘にある公園の松の枝に首を括《くく》って死んだ。借金と生命保険金がほぼ同じ額だと告げる母は、憔悴しきっていた。

「卒業だけはしろ」と親戚が助けてくれようとしたのを断って、優奈は高校を中退し、ススキノのクラブで働くことにした。十八歳の誕生日を待ってのことだった。

信頼した得意先に裏切られた父を目の当たりにし、信じられる者は誰もいなかった。誰にも頼らず、自分の力で生きていこうと思ったのだ。

この身だけがのしあがるための武器——そう固く決意した。

そんな優奈に神様が微笑んでくれた。

ホステスをし始めて二年後、クラブで玲子と出会ったのだ。雑誌記者とともに来店した玲子は一目で優奈を気に入ってくれ、自分のモデル事務所に入らないかと誘ってくれた。

優奈はこのチャンスに賭けようと思った。

もっとも、志賀に抱かれたのは己が野心ばかりではない。ダンディな志賀はいかにも都会センスに溢れ、優奈の目には眩しく映ったのだ。

「悪いが、オーディションの件は、なんとも言えない」

「ざっと見渡したら、私に勝てる女はいなかったわ」

「ずいぶんと強気だな。デカい仕事が決まって天狗になってるんじゃないか？」

「天狗だなんて……。そういえば、うちの事務所からは田崎絵里さんも行ったでしょう？　ＣＡあがりのいかにもお嬢さまって感じの人」

「気になるのか？」

「いや……そんなわけじゃ」

「あの子も、なかなか評価が高かったよ」

優奈は顔を曇らせた。目の前の夜景が涙に滲みそうになる。何不自由なく暮らしてる絵里を妬ましい。

「結局、最終候補者は何人に――」

「その話は終わりだ。裸になれ」

志賀は優奈の言葉をさえぎるように、命令口調になった。

「いきなり、なあに？」

「いいから、ここですぐ脱ぐんだ」

志賀の目が真剣であることがわかり、優奈は手にしたグラスを置いた。

「シャワー浴びてくるわ」

「このままでいい、早くしろ」

「いやよ、汗をかいているんだから、シャワーくらい浴びさせて」

「何度も言わせるな。今すぐだ」

志賀はソファーに腰掛けたままこちらを見据えた。口をつぐむ優奈を横目に、
彼は赤ワインをひと口含んだ。

「仕事が欲しいんだろう？　ならば私の言うことを聞いて損はないと思うがね」

「……」

「どうなんだ？」

志賀は片側の口角をあげた。

「……わかりました」

立ちあがった優奈は、震える手で背中のファスナーをおろし始めた。

心の中ではため息をついていた。が、これを単なるため息のままにするか、勝
利に酔う吐息となるかは自分の腕次第だ。

権力者も性欲の前では無力に等しい。ならば、野心を持った女の生き方はひと
つ、それを巧みに利用して、より高いステージへと自分を押しあげること——。

輪を描くようにドレスが落ちると、黒いブラとパンティに包まれたグラマラス

な肢体がガラス窓に映し出された。繊細なレースの下からは、薄紅の乳首と、恥丘の翳《かげ》りが透け見えている。

「あいかわらず美しい体だ」

志賀は薄笑みのまま、ねめつけた。

「下着も取ってもらおうか」

見えない糸に絡め取られるように、背中に回した手でブラホックを外すと、ぶるんと豊かな乳房がこぼれ落ちた。表情こそ変えはしないが、彼の瞳の中に鋭く好色な光が宿ったのを優奈は見逃さなかった。

外したブラをソファーに置く。ニヒルな笑みのままワインを呷《あお》る彼を横目に、パンティをゆっくりおろしていく。

足首から下着を抜き取った。身につけたものは、金のネックレスとハイヒールのみ。

「もっと、こっちでよく見せろ」

いつもと違う志賀に訝《いぶか》しがりながらも、彼に抗うことはできない。数歩あゆみ寄ると、豊かな乳房は彼の目線と同じ高さになった。

呼吸のたび、ワインの匂いを孕《はら》んだ息がしこり始めた乳頭を嬲ってくる。酔いのせいか、目論みのせいか、優奈の体が熱を帯びていく。羞恥と不安が行き交う中、秘めやかな裂け目もトクトクと疼《うず》きだした。

「震えてるわりには、ここが起《た》ってるじゃないか」

片手でグラスを持ちながら、もう一方の手が乳房をわし摑んだ。

「あっ……」

先端をひねられたまま、自分でもわかるほど媚びた喘ぎが唇の隙間から漏れていく。

「ンンンッ……」

秘壺がジュク……と溢れてくる。悔しさとは名ばかりの発情の念がこみあげ、いつしか涙に潤んだ目を志賀に向けていた。

「いい表情だ」

厚みのある手はたっぷりとした乳房の裾野をすくいあげ、膨らみに指を食いこませた。深々と指を沈ませた乳肌は、たちまち無残な形へとひしゃげていく。

「ンンッ……」

乱暴に揉みしだかれるうち、言いようのない劣情がぞわりと下腹に芽生え、体の奥底の被虐の埋《うず》み火《び》が肥え太っていく。

「ここはどんな具合だ？」

乳房からくびれを伝う手は、淡く煙る恥毛にすべり落ちた。楕円型の性毛を梳きながら、いつしか肉の合わせ目をめくりあげた指が、ヌプリと中心を貫いてきた。

「ア……ああ」

クチョッ……クチュッ。

「くッ」

体が大きく反りかえった。埋められた指が躍り、さらに攪拌《かくはん》するように蠢くと、溢れだす潤みがひとすじ、ふたすじと内腿に垂れ落ちていく。

「体は正直なもんだな。キュウキュウ締めつけてくる」

挿入したまま、親指がクリトリスを弾き始める。

「くっ……いやっ」

優奈は立ったまま激しく裸身を震わせた。指はなおも膣肉にめりこみ、肉芽が弾かれる。泣きたいのか、泣きたくないのかわからない。でも、望まぬ玩弄も、ひとたび火が点いた女の体には、すべてを快楽と結びつける底知れぬ本能が備わっている。

敏感な女肉が容赦なくもてあそばれる今も、この身は仕事同様、頂《いただき》への到達を欲してやまない。

「嫌なら帰りなさい」

指はますます責めの力を強めた。

「か、帰りません……」

「そうだな、ここをこんなにヒクつかせては帰れまい」

クチュッ……クチュッ——。

「いやらしい音だ。見てくれはキレイでも所詮、好きモノだな」

屈辱に身を焦がしながらも秘花は指を食いしめ、膣壁は卑猥な収縮を見せている。抜き差しのたびに愉悦に染まる痴態が窓ガラスに映し出された。

ヒールにぐらつく足を、必死に踏ん張った。汗粒を光らせた裸身がガラスに反射している。発情のヴェールをまとったメスに堕ちる寸前の優奈がそこにいた。

「あぁっ……」

自然と腰が揺れた。指の動きに合わせて尻がくねっていく。

ああ、そこ……もっと奥まで……もっと強く……。

迫りくる快楽のうねりが子宮へと集まってくる。昂《たかぶ》る体はさらに高みへと押しあげられた。真皮にひそむ官能の粒子が、血潮とともに体の隅々まで浸透していく。

もっと、もっとよ——優奈は心でそう叫び続けた。

アアアッ……もうすぐ、来る……大きな波がそこまで来ている。

ァ……ァアアアッ!!

が、次の瞬間、指は呆気なく引き抜かれた。

「あう……」

落胆する間もなく、志賀は立ちあがる。

そのまま、汗みずくの裸身を抱えこむように、横に置かれたダイニングテーブルに押し倒された。

「んっぐうう」

おもむろに口に挿しこまれたのは野太い指だった。先ほどまで優奈の体内に埋《うず》められていた指が、乱暴に口腔を掻き混ぜてきたのだ。

「ほら、自分のアソコの味だ」

「ンンッ……ンッ」

付着した粘液をなすりつけるように、ぐりぐりと指は蠢いた。

初めこそ抵抗していた優奈だった。しかし、

(——何としてでも勝ち残るのよ)

そう自分を鼓舞し、暴れる指を懸命に吸い、舌を絡めた。

歯茎や頬粘膜に食いこんでくるが、丹念に吸引を続けた。

その従順さにもう抵抗しないと判断したのだろう、存分に掻き混ぜた指は、やがて優奈の口唇を離れた。

次いで、テーブルの上で大股開きにされる。

女の花を晒す体勢となった優奈の股ぐらに、志賀が身を屈める。

粘つくような視線がその一点をねめつけた。

「いい眺めだ。パックリと割れたアソコがいやらしくヌメっている。夜景よりも魅力的だ」

「く……」

苦々しく噛みしめる唇は、しかし、何も発せられない。今ここで口火を切れば、口汚い言葉が怒濤のように放たれてしまうだろう。

「そのままで聞いてなさい。ＣＭの件だが……私は知っての通り傲慢な気分屋でね。今夜の優奈次第で決めてやってもいいと考えてるよ」

何て狡猾な男——。

しかし、万に一つの願いを信じて、優奈は哀願した。

「お、お願いします……私、どうしても勝ち取って、この世界で生き残りたいんです」

「生き残りたい、か――」

そう呟いた直後、志賀は大笑いをした。

そして、やおら手にしたワインボトルを優奈の真上で傾けた。

ジュボボボボッ――！

「キャアアアアッ！」

真紅の液体が勢いよく飛沫をあげて体中に飛び散った。

芳醇な匂いが鼻孔を衝く。白い肌を清めるように、乳房、脇腹、臍、下腹へまんべんなく液体が垂らされる。空瓶を置いた彼は、ジャケットを脱いだのち、ソファーの背にかけた。

優奈のほうに向き直ると、身を屈め、乳房に顔を寄せた。

ネロリ、ネロリ……。

差し伸ばされた長い舌が乳首を吸いあげる。

「ああっ……」

身をこわばらせた。いったい何が起きたのか、最初はまったく把握できずにいた。

しかし、緩急つけて肌を這う生温かな感触に、体は次第に昂揚していく。いや、昂揚させねばという義務的な感情があった。

が、そんな義務感などすぐに消え去った。

うねる舌の心地よさに、肉体が自然と昂っていく。乳頭がむくむくと硬くなり、全身が発情の汗でしっとり潤み、産毛は一本残らず逆立った。

巧みに躍る舌は乳輪をなぞり、先端を舐めしゃぶっていく。ワインでシャツが汚れることも厭《いと》わず、彼は脇腹や臍の窪みに溜まった液体をも舐め取り、鼠蹊《そけい》部を伝い、やがて秘口へと舌を降ろした。

ジュプププッ……。

「クッ……ああ」

愛蜜とワインにヌメる女の秘裂が強く吸引される。

惨めさは否めない。しかし、いつしか与えられた快楽に体が酔い痴れ、立てた爪でテーブルを強く掻いていた。

チュッ……ジュックチュッ――。

「はうッ……！」

ああ、女はここを舐められると、なぜこうも弱いのだろう。熱い潤みがあとからあとから溢れてくる。志賀の唇と舌が花びらを、そして肉真珠を捉えるたびに、四肢が快感の痙攣を強めていく。

「ああっ、ああんっ、あっあっ」

コンコン——。

その時、ドアをノックする音がした。

優奈は息を呑む。

テーブルに仰臥する体は汗と愛蜜、赤ワインにまみれ、濃厚な匂いを放っていた。

「入りなさい。マスターキーを持ってくるよう主任に伝えたはずだ」

志賀は事もなげに言う。

(そんな——いったい誰が——?)

開くドアに視線を移した。

「志賀さま、いつもご利用ありがとうございます。オーダーの品をお持ちいたしました」

ルームサービスの青年だ。グレイの制服に身を包んだ二十代と思しきボーイが、恭《うやうや》しく一礼し、カートを押して来るのが見える。

丁重にドアを閉められた。彼が気づく様子はない。

台の上には、ワインボトルとグラス二脚が載せられていた。

「ありがとう、中に運んでくれ」

「はい」

ボーイはゆっくりとカートを押し始めた。真っ直ぐに見据えた目は、優奈に注がれることはない。

（お願い……見ないで……このまま気づかず帰って）

そう何度も胸底で呟いた。しかし――

「あっ」

全裸で横たわる優奈を認めると、彼は驚嘆の声をあげた。

しばしの沈黙の後、

「し、志賀さま……こ、これは……」

青年は顔面蒼白だったが、見る間に耳まで真っ赤に燃やした。

「なんだね、君には何かおぞましいものでも見えるかね？」

「い、いえ……」

ボーイはぶるぶると首を振る。彼の目には、大股開きにされた優奈の秘部がしっかりと見えているはずだった。が、志賀の態度と物言いは、優奈と同様、ボーイにも有無を言わせぬ威圧感に満ちていた。

そう、優奈がここで逃げればすべてがぶち壊しになるように、彼も上客である志賀に無礼を働くことは許されないのだ。

「運びついでだ。君、ワインをついでくれないか？」

「はっ？」

「ワインをつげと言ってるんだ」

「は、はい……」

彼は動揺した様子で、ポケットからワインオープナーを取り出し、ボトルを開け始めた。焦りに何度も手をすべらせ、そのたびもどかしげに表情を引き攣らせる。

何とか一脚のグラスに注ぐと、おそるおそる志賀に手渡した。

「この娘は私の大事な客でね、君から呑ませてやってくれないか？」

「えっ……は、はい」

青年は困惑に表情を歪めたまま、もう一脚のグラスを取り、ワインを注ごうとすると、

「グラスは不要だ。呑ませ方は……わかるな」

高みの見物とばかりに、志賀はソファーにふんぞり返り脚を組んでいる。

唐突に投げかけられた命令に、彼は頬を引き攣らせている。

脂汗がこめかみにツツーッと伝い落ちた。手は震え、鼻息は荒い。一歩間違えれば犯罪だ。彼は迷っている。

「何をしてる、瓶ごと直接呑ませてやれよ。『下のクチ』に」

「はっ……」

さらに彼の顔が紅潮した。うろたえつつも上客である志賀の機嫌を損ずるわけにはいかないと葛藤しているようだ。

——ワイングラスが置かれた。ボトルを支え持つ手は震わせるも、優奈のほうへ向き直った直後、一転して好色さを増した眼光と渋面を隠すことはなかった。

視線は、表情の怯え方と乳房の膨らみ、女の淫花を順繰りに這い回った。客の命令には背けないという大義名分を得た今、彼にはどす黒い欲望だけが渦を巻いているはずだ。

「いやよ……」

優奈は太腿をよじり合わせた。しかし、抵抗して何の得にもならないことを一番理解してるのは優奈自身だった。

「かまわん、たっぷりと呑ませてやってくれ。たっぷりとな」

ボーイは息を荒らげ、汗ばむ太腿に手をかけた。

「ああっ」

ぐっと力んだ手が乱暴に脚を広げる。血走った眼で瓶を持ちなおすと、指で肉ビラをこじ開け、濡れ具合でも確認するように、クチュクチュと掻き回した。

「クッ……」

ボトル口が慎重にあてがわれる。ひやりとした感触が粘膜に触れたと思った瞬間、注ぎ口が一気にねじこまれた。

「はぁあああああッ!!」

「そうだ、ひと思いに呑ませろ」

ズチュッ――！

「はううッ！」

壮絶な痛みと衝撃に、もんどりうった。液体が勢いよく注がれてくる。同時に、硬質な塊が体の芯を鋭く突き抜けた。

ひたひたと沁みこむ酒と、淫蕩な刺激が、敏感な一点から体の隅々まで広がっていく。溢れ出た酒は蜜汁と混じり合い、肛門をも濡らしていく。

陰嚢《いんのう》が頬に張りつき、籠る臭気が鼻孔を突き抜けた。

「もっと舌を絡ませろ。オーディションに受かりたいんだろう?」

切札ともいえる言葉——その声に優奈の意識が覚醒した。

(そうよ、やっと摑みかけたチャンスを自ら放棄することなんてできない)

一転して、優奈はペニスを咥えながら、激しく舌を躍らせた。男根ごしに見る志賀の表情は酔いも手伝って、さながら欲望の化身といったところだ。

「おおう、おお」

志賀が満足げに唸る。すぼめた頬を密着させ、渾身の力で吸引した。下半身に穿たれる旋律を引き継ぐように胴幹を舐め弾き、頭を打ち振った。口内でいちだんと硬さの増す芯の通ったペニスが舌と内頬を圧迫してくる。

「優奈、いいぞ」

「ングッ、ングッ……」

青年もボトルを穿ち続けていた。ズブッ、ズブッとめりこむたびに肉の輪が広がり、内臓が押しあげられていく。

「おいっ、お前! 今夜は特別だ。この女に入れさせてやる」

優奈にフェラチオを強いたまま、志賀はボーイに言い放った。

「ン、ンンンッ!?」

その意味を理解するまで数秒を要した。

うそ……うそでしょう……?

「将来、大スターになるかもしれない女だ。しっかり味わえ」

悲鳴をあげることすらできなかった。抗う間もなく、頭を押さえられ、強制的にフェラチオを続けさせられた。

そうこうしている間に、青年は膣からボトルを引き抜いた。

「ぐぐぐ」

散々掻き回された媚肉が冷気に撫でられる。ガチャガチャとベルトを外す音が響いたあと、グッと引き寄せられた脚がM字に開かれた。

直後、明らかにボトルとは違う熱い塊が、合わせ目を割り裂きながら、一気にめりこんでくる。

「ヒイイッ……!!」

優奈は志賀のペニスを口に含んだまま、激しく身をよじらせた。電流が突き抜けるような鋭い衝撃が、脊髄を走り抜ける。

「ンンッ、アンンンッ——!!」

「くうう、きつい」

膣奥まで貫いた青年が感嘆の声を漏らしている。寸分の隙間もなく、みっちりと吸着した膣襞がいっせいにわななき、男根を食いしめた。

信じられなかった。こんな凌辱じみた行為でも、歓喜している体に優奈自身が愕然とした。

「すっげえ、オマ×コ……」

小声ながらも、はっきりと卑猥な言葉を口にしたボーイが、ゆっくりと腰を使いだす。愛蜜とワインで蕩けた淫肉は、見知らぬ男のペニスを躊躇なく受け入れている。

むしろ口と女膣が塞がれた今、倒錯的でおぞましい戦慄から逃れようと、気づけば肉棒を求めていた。

「ワインのあとの串刺しの味はどうだ？」

力任せに志賀が肉棒を叩きこんだ。

「ンンッ……ンン！」

「そうだ、しっかりと舌を絡ませろ」

心を占めているのは、先ほど志賀が言った「大スター」の言葉だった。こんな状況でも少なからず胸をときめかせる自分がいた。

(ばか……優奈のばか……)

己の愚かさを知りながらも、それにすがりたい。

いや、すがるんじゃない。是が非でも摑み取るのだ。

己を叱咤し積極的に肉棒を求めていた。

志賀のペニスに手を添えながら、双頰をすぼめ、唾液とともに啜りあげる。

ヴァギナを貫く青年には、自らグラインドさせた腰を目いっぱい打ちつけていた。

「ううっ、ううっ」

涙とよだれで顔面はぐしゃぐしゃだった。それ以上に、淫棒を咥えこむ女壺は決壊したように蜜が滴り、飛沫をあげる。

ズチュッ……ズチュッ……パパパンッ!

「好きモノは違うな。自分から腰を振ってやがる」

追い討ちをかけるように、志賀が呆れた声をあげた。

二人の打ちこみがいっそう強まり、肉棒がひときわ硬さを増すと、密着した粘膜が奥へ引きずりこもうと強烈な収縮を繰りかえす。

二本のペニスに責められながら、優奈はテーブルで身悶え、わめき、ヨガリ泣いた。いびつなエネルギーに全身を乗っ取られ、血液が沸騰しそうになる。

体内を行き交う大波はいつしか怒濤へと威力を増していた。研ぎ澄まされた官能の細胞がぶちぶちぶちと音を立てて血中で弾けていく。

ああ……もう、もう許して……。

「ンンッ、アウウッ……クウウウッ」

「くううっ、出すぞ」

二カ所の雄肉がひときわ激しく叩きこまれた。四肢が痙攣し、落雷に打たれたかの烈々たる衝撃が総身を跳ねさせる。

むせ返る汗と愛液、濃厚なワインの匂い——男たちの欲望、己の野望。

「オオオオオッ……オオオッ！」

「ンンッ……ハンンッ、アアアァッ」

強烈な一打が喉と膣奥に見舞われた瞬間、上下の口に熱い飛沫が飛び散った。

第三章　打擲と情交の間に

1

「最近売れ始めてきたんじゃないか？」

車が大きく右にカーブして、絵里は我に返った。

「えっ」

「モデル業だよ。会社じゃ絵里の活躍で持ちきりさ。こないだも、ヘアメイク雑誌に出てただろう」

いけない、ぼうっとしていた。ここ最近あまりにも多くのことがありすぎて、半月ぶりのデートなのに気もそぞろだった。

隣ではスーツ姿の祐樹がお台場のホテルをめざし、首都高を軽快に走行中。夏空の下、左手に見える東京湾は黄昏時の西陽を受け、柔らかなオレンジの光を反射させていた。

「売れてきてるだなんて……。まだまだ駆け出しだから、オーディションじゃ落とされてばっかりよ」

「謙遜するなよ。今日だってウエディングドレスを何着も着たって喜んでたじゃないか」

「ええ、展示会だから、お客さまに指定されたドレスを着てステージを歩くの。全部で五十着は着たかしら」

「絵里のウエディングドレス姿、見たかったな」

祐樹はご機嫌なままアクセルを踏んだ。

「ステージ裏で撮影してもらったから、あとで見せるわね」

絵里は手にしたスマートフォンをちらつかせた。

アルバム内に収められた今日の花嫁姿を思い浮かべると、自然と頬が緩んでしまう。

ウエディングドレスは、なぜこうも女心を浮き立たせるのだろう。

マーメイドラインにプリンセスライン、レースにシフォンにオーガンジー。ブーケやティアラ……思い出すだけで、幸福感が増していく。

「今、着てる赤いホルターネックのワンピースもよく似合ってるよ」

「ありがとう。なんか褒められてばかりでくすぐったい」

「でも、こんな背中の開いてる服、俺と一緒の時しか着ちゃだめだぞ」

絵里を褒めつつ、ちゃっかり釘を刺してくるヤキモチ焼きな一面も微笑ましい。

レインボーブリッジを渡った車は、台場《だいば》出口をおり、ホテル内の駐車場に入った。

「さ、着いたよ、まずは腹ごしらえだ」

「ここのレストランずっと来たかったの」

絵里は朱門が鮮やかなエントランスをくぐり、目を輝かせた。

「薬膳料理なんて、モデルにはぴったりだろう」

祐樹が選んだ店は、中国に伝わる漢方レシピに則り、皇帝や皇太后も食したという滋養とフカヒレ料理がメインの人気の薬膳レストランだった。

店内に入ると八角《はっかく》の匂いが鼻をつく。

通された八畳ほどの個室には円形テーブルがあり、床の間にはシノワズリーの壺や掛け軸が飾られている。窓外にはお台場海浜公園が、豊かな緑とともに広がっていた。

薬膳酒で乾杯をしたのち、絵里はコラーゲン美肌、祐樹は滋養のコース料理をそれぞれオーダーした。

「祐樹は今も、時々レスリングを教えてるのよね？」

「ああ、月に一回、区民体育館で子供たちに教えてるよ。今の親は二分するね。帰宅したらすぐ塾に行かせるモーレツお受験組と、のんびりとした公立組。レスリングをやらせたがる親は、病弱な我が子が逞しく育ってほしいという組とオリンピックの影響で我が子に夢を託す組とに別れるかな。もっとも、口じゃあ、みんな、子供の健康のためだって言ってるけどね」

「ひょっとして美人の奥さんとの不倫が楽しみで教えているんじゃないの」

絵里は思わせぶりな笑みを投げかけた。

「ばか言え、怖いんだぞ。モンスター・ペアレンツって言うだろう。女は敏感だ。特定の子供や奥さんに贔屓する素振りでも見せたら、猛烈なしっぺ返しがあるんだ」

真顔で訴えかける祐樹が愛おしい。

そこに、タイミングよく料理が運ばれてきた。

白磁の器からは熱々の天然スッポンと烏骨鶏《うこっけい》のスープが湯気をあげている。ほんのりと漢方の香りが立ち昇るスープを店員が手早く取り分けてくれる。

蓮華《れんげ》にすくって口に運ぶと、濃厚なだしの効いたスープが口内で蕩け、とろりと喉に流れ落ちた。

「美味しい！」

「だろう。ここのシェフのレシピ本は、マカオや香港、台湾でも翻訳本が出てかなり人気らしいよ」

絵里は早くも二品目の、ウバザメコラーゲンの野菜炒めに箸を伸ばす。

「あとで絵里の好きなフカヒレの姿煮も来るよ」

「ありがとう。この歳になると女はコラーゲンって言葉に弱いのよ」

「大丈夫、会うたびにきれいになってるよ」

祐樹は照れながらも、しみじみと絵里を見つめてくる。

大学三年から付き合いだした祐樹とは、かれこれ四年の付き合いになる。

子供のころからレスリングで鍛え、将来を嘱望されていたが、高校時代の試合の怪我がきっかけでやむなく体育大学進学を断念した。

——祐樹とはいつか結婚したい。

おっとり屋だが真面目な祐樹となら、きっと穏やかな家庭を築けるはずだ。

思えば、CA時代は常に「CAらしさ」を求められ、死の危険にさらされる緊張の中を走ってきた。モデルになった今は、命を失うリスクはないものの、美しさが求められ、緊張感が抜けず、CA時代には決して感じなかった競争がつきまとう。いつも何かに追い立てられ、時々自分が何をしたいのかがわからなくなる。相手の満足する答えや言動を探っては、心を疲弊させる自分がいる。

(でも、今は何としてでもモデルで成功しなくちゃ——)

成功への道程を思うとき、柏木や根岸に受けた屈辱が思い出される。

仕事のためとはいえ、このような蟻地獄が、もしこれからも続くようなら——。


「なあ、聞いてるのか?」

「あっ……ごめんなさい」

「なんか今日はぼうっとしてるな。何かあったのか?」

再び、柏木と根岸の顔がチラついた。

「……薬膳酒でちょっと酔ったみたい」

「大丈夫？　水、頼もうか？」

心配そうに覗きこむ祐樹の真剣な顔を見て、絵里は「やっぱりこの人でよかった」と涙ぐんでしまう。

「平気よ。で、何の話だったかしら？」

滲む涙をそっと指でぬぐって、黒豚の蜂蜜黒こしょう仕立てを箸でつついた。

「お局《つぼね》ＣＡの多田《ただ》さんが、不倫してた大垣《おおがき》キャプテンとめでたく結婚。足かけ五年」

「わあ、ついに略奪愛成功ね」

「多田さんが三十四歳だから実に二十歳の年の差婚だ。奥さんとはかなりモメたらしいけど」

「その奥さんも、スカイアジアにいた元ＣＡでしょう？」

「そう、まさに新旧ＣＡ対決ってやつだ」

「大垣キャプテンもお盛んよね」

その問いかけに答えず、祐樹は運ばれてきたビールを呑んだ。

「やっぱり男っていろんな女を愛したいの？」

愚問と思いながらも一応訊いてみる。

「まあ……一般的にはそうだろう。ＤＮＡに組み込まれたものだから仕方ないよ。男は放出する性、女はより優秀な遺伝子を選別する性」

「祐樹もそう？」

「ん？」

「祐樹も、チャンスがあれば放出したいの？」

ちょっとむくれると、

「おいおい、一般論だよ。俺は少数派のほうだ。絵里だけで十分幸せさ」

「でも、イスラムのいくつかの国では四人まで奥さんをもらえるのよ」

「一夫多妻制か」

「その代わり、みんな平等に愛さなくちゃならないようだけど」

「平等？」

「ええ、今日第一夫人と寝たら明日は第二夫人、そして第三夫人」

「本当？」

「ほんとよ、そして生活費やお小遣い、プレゼントも均等に配分ですって」

「精力と経済力がものを言うってわけか」

「それと、気配りね。フォローって言ったほうがしっくりくるかしら。多少の依怙《えこ》贔屓《ひいき》があっても、あとのフォローがしっかりしてれば、女はそうそう怒らない」

「フォローね……。四人の妻を持つ男なんて想像しただけで大変だ。長生きできないよ」

祐樹はぺろっと舌を出した。冗談なのか、それとも正直な気持ちを照れ隠ししているのかわからないが、たとえ、嘘でもそう言ってくれるのは嬉しい。

「妻は一人で、愛人恋人は多数、なんて言わないわよね？」

悪戯っぽく頬を膨らませると祐樹はひとしきり笑った。

「最近の新人ＣＡはどう？　やっぱりワガママな子が多い？」

「ああ、嫌いな先輩とのフライトは、『変えてくれ』って子が続出。耐えるってことを知らない世代だね」

「その嫌いな先輩ってもしや……」

「ああ、察しの通り、木下《きのした》先輩、小林《こばやし》先輩、久保《くぼ》先輩の『スカイアジア極悪３Ｋ』」

「気持ちわかるわ。特に木下先輩は細かすぎ。昔、フライト後のミーティングで、『美味しいコーヒーをお客さまにお出しするには』で、延々二時間のディスカッション。あれにはまいったもの」

「その木下さんが、最近、俺に色目使いだしたんだよね。こないだなんて食事に行こうなんて言われたよ」

「ええええっ、彼女、確か三十五歳じゃない？　それでどうしたの？」

「もちろん断ったよ。彼女、絵里と俺のこと知らないみたいだね」

「祐樹、意外とモテるわねえ」

「へへ、いやそんなことないけどさ」

ニヤつく横顔に、絵里はわずかに嫉妬心が湧いてくる。

「なんか、まんざらでもないって顔してるわよ」

「何言ってんだ。気にしすぎだよ」

祐樹はあわてて料理を頰張った。


十七階の部屋に上がった。

室内は白とベージュを基調とした、広々としたスタンダードダブル。海を臨むバルコニーの窓を開ければ、爽やかな潮風が酔った肌を心地よく撫でてくれる。

「絵里……」

ジャケットを脱いだ祐樹に抱きしめられて、絵里は先ほど感じた泣きたいほどの安堵に包まれる。

そう、この香り。この感触。すっぽりと体を包んでくれる筋肉質な腕――ここが一番自分の安心できる場所。

この半月の間、いろんなことがありすぎた。だからこそ、こうして自分のいるべき場所に戻ってくると、涙が滲んでしまう。

背中に触れる手のひらは大きく、厚い。その手に触れられて初めて、自分がどれほどこの手の温もりを求めていたかがわかる。

こわばり、鬱屈としていた胸の内が、次第に解きほぐされていく。

ワンピースに包まれた乳房を、厚い胸板に押しつけた。

顎先を摘ままれて唇を重ねる。絵里よりも少しだけ高い温度の唇の隙間から、湿った吐息が流れこんだ。

差し入れた舌とともに注がれる唾液は、いつになく甘やかだ。

「ん……」

ネチャッ……ネチャッ……。

舌を絡める間も、抑えきれない喘ぎが唇の隙間から漏れ出てくる。唾液に濡れた唇が押しつけられるたび、甘美な息苦しさに見舞われる。糸を引くような濃厚な口づけを交わしながら、ずぶずぶと恍惚の海に沈んでいくのを絵里は感じていた。

頼りなげによろめく体がベッドに押し倒された。

覆いかぶさった祐樹の手が、ホルターネックの結び目を解いてくる。

シュルル……。

衣ずれの音が室内に響いた。ブラカップの着いた前身ごろは、呆気ないほど簡単に素肌から離れ、白い乳房がまろびでた。

「あ……ん」

窓から吹きこむ潮風が、火照った体を撫でていく。祐樹の唇が、首筋をくすぐってくる。

「んん……」

首筋から鎖骨に鼻先を押しつけたまま、祐樹は思いきり息を吸いこんだ。

「ああ、絵里の匂いだ……」

そう囁くと、わずかに差し出された舌が、なめらかに肌を這い回っていく。

「あっ……汗が……」

「大丈夫だよ、絵里はどこも綺麗だ」

ネロリ、ネロネロ……。

「ああっ……祐樹──」

拒絶の言葉を返しても、いつになく強引な彼の耳に絵里の声は聞こえていない。羞恥に身を焦がしながらも、その行為はある種の頼もしさを感じさせた。匂いを嗅がれ、汗を味わわれる羞恥の行為さえ、このあと訪れるめくるめく時間の序章に思えてならない。

ピチャッ……ネロリ……。

生温かな唾液は瞬時に温度を失い、ひんやりと肌を嬲る。久しぶりに抱かれる悦びと酒の酔いも手伝って、体が不思議な浮遊感に包まれる。

厚みある手が両乳房にかかると、絵里はうっとりと目を細めた。

両脇から寄せあげては揉みしだき、膨らみに頬ずりされると、どれほど彼との時間に飢えていたかがよくわかる。

ああ……溢れてくる……奥から、どんどん、どんどん……。

やがて唇が乳首にかぶさってきた。

「ああ……」

「……ずっとこうしたかったよ」

祐樹は乳房や鎖骨にキスの雨を降らせた。愛おしむように乳房に顔をうずめ、濡れた唇をすべらせ、舌先で乳首を転がした。

下半身に押しつけられた股間は、パンパンに隆起している。ズボンを通してもわかる鋼のような男の象徴に、絵里の女湖《みずうみ》もさらに淫らな蜜を滲ませていく。

乳房に顔を埋める祐樹を見ると、時おり母親のような気持ちになる。恋しさと同時にこみあげてくるのは、この人を守ってあげたい、傷つけてはいけないという母性に近い。

だが、乳頭を思い切り弾かれた刹那、すべてが快楽の波に押し流された。

チュッ……チュチュッ……。

「ああ……んッ」

ビクンと背をのけ反らせた。乳首を責められるともう身動きが取れない。

「ほら、だんだん立ってきた」

チュッ……ジュジュッ、チュッ……。

乳首を弾きながら告げる彼の言葉に、いっそう女園が濡れてしまう。

尖り立つ乳頭を交互に吸いしゃぶってはなぎ伏せる。悔しいほど巧みに動く舌に快感の戦慄が這いあがってくる。

「あっ……ああっ、シャワーに……」

そう言いかけた時だった。

「その前に──」
ガチャガチャと金属音が響き、頭の両側が深く沈んだ。
アッと思った時には、目前に野太いペニスが立ちはだかっていた。
「少しだけ咥えて。ガマンできないよ」
先端が唇に触れた。尿道口から吹きだした先汁がぬめっと糸を引く。
下着に籠った汗と残尿の匂いが鼻先で濃く香る。
愛しい男のものは、汗も分泌物もすべて愛したい。
条件反射で根元を握ると、ペニスごしの祐樹を見あげた。
暗がりでもわかる血走った双眸《そうぼう》が燃えている。
絵里は熱い吐息とともに差し出した舌先で、たっぷりと亀頭に唾液をまぶした。
レロ……レロレロ……。
まるでキャンディでも舐めるようにいくども下から舐めあげ、おろしていく。
「くっ、気持ちいいよ」
ぬめる肉茎は、またたく間に妖しい光沢を放ち始めた。
先端を口に含むと、噴き出た透明汁の塩気が口内に広がっていく。
ああ……祐樹の味──。苦味の強いこの味は慣れ親しんだ彼の肉の味だ。

発する匂いも、肉の味も人によって異なる。尿道から溢れるものを啜っては、Oの字に開いた唇を根元までかぶせ、舌を絡める。

「むうう……」

熱い吐息が降ってくる。祐樹が腰を入れると、口内の男茎がもうひと回り膨張した。舌を圧《お》し返す確かな弾力が頼もしい。仰向けの分、肉棒が軌道をふさぐ角度になり、思いのほか苦しいが、上顎と舌で圧し包むよう吸引し、喉奥まで呑みこんだ。

懸命に舌を躍らせた。罪滅ぼしという言葉が一瞬浮かぶも、熱い肉棒が行き来するたびに、絵里の体も心も熱く妖しくただれていく。

「ハァ……絵里、そのままこっちを見つめて」

伏せていた睫毛をあげた。大きく見開いた瞳が昂揚した祐樹の視線と絡み合う。

チュパッ……チュポチュポ……。

スライドを開始すると、彼はさらに興奮した面持ちで、腰を前後し始める。

「ンンッ、ンンッ……」

男汁の味が広がった。塩気を含んだそれは、窓から吹きこむ潮の香りと相まっていっそう濃厚さを増していく。

ネチャ……チュバッ……。

重たげに垂れた陰囊をあやした。唾液とともに舌をまとわりつかせると、祐樹は大きく息を吐きながら、しみじみと顔を覗きこんでくる。

「……いやらしい顔だなあ」

「ンン……ンンンッ」

その言葉に昂るもう一人の自分がいる。

劣情を煽る言葉にも、いつしか魂を震わせてしまうようになっていた。皮下にある官能の細胞が愉悦に染まっていく。

ズン、ズン……ネチャッ――！

腰の振りが激しさを増した。喉奥を突かれてぐっとえずくが、苦しさはむしろ悦びの一端に過ぎない。愛情を形作ると思えば、いっそ幸福感が増してくる。

なおも口唇が貫かれた。いくども、いくども――。

絵里はそれに応えようと、双玉を揉みながら舌を絡め、激しいバキュームを繰り返す。

「ああ、絵里のクチ……すごくいい……ウウッ」

差し迫った声と同時に空気が薄まってきた。

もう、苦しい、祐樹……祐樹……ああっ、アアアッ。

ジュポジュポッ、ジュポジュポッ……！

「ンンッ……クウウッ……」

「ううっ、ううっ……出る」

ドクン、ドクン――ドクン、ドクン――！

濃厚な男汁が口いっぱいに発射された。


「シャワー浴びてくるわね」

バスルームの曇りガラスの扉を開けた。広々とした脱衣場の洗面台には大きな鏡、さらに奥は大理石の浴室がある。

先に精を放った祐樹は少しバツが悪そうだったが、嚥下した絵里が優しく舐め取ってやると、しきりに感動してくれた。

今まで嫌がっていた「お掃除フェラ」をやってみたのだ。

あの柏木に教えられたことを――。

まだ喉に引っかかる精液をいくども唾で流しながら裸になると、洗面台の鏡で自分の姿をしげしげと眺めた。

透白の肌がほんのりと赤らんでいる。今日は何度もドレスを着脱したため、胸元や二の腕がすりむけてしまった。

ところどころひりつく肌を撫でながらも、もっと重い痛みがチクリと胸を刺す。

――こうして裸身を映すと、今さらながら祐樹に対する申し訳なさが募ってくる。仕事のためとはいえ、柏木や根岸と肉体関係を結んでしまったのだ。

(祐樹――ごめんなさい……)

赤剝けした肌を撫で、祐樹に吸われた乳首そっとさすっていた時だった。

突然、彼が入ってきた。

先ほど放出したにもかかわらず、赤銅色のペニスが激しく勃起している。

「な……なに?」

絵里はとっさに胸元を隠した。

「メールの着信音が鳴ってたよ。見るつもりはなかったけど、画面に『柏木ディレクター』って出てた。ほら」

祐樹はスマートフォンを突きつけた。

「えっ?」心臓が軋んだ。

「仕事のメールだろ? 早く確認したほうがいいんじゃないか?」

祐樹は内容を見たのだろうか？

「い、いいのよ……あとで見るから」

「いいから見ろよ！」

ドン――!!

肩をどつかれ、絵里はその場に尻もちをついた。すかさずにじり寄り、

「やましいことがないなら、見られるはずだろっ!!」

肩口を摑んだ手が乱暴に揺さぶってきた。

別人のように恐ろしい形相が、絵里を追い詰める。

「どうしたの、いきなり……痛い、離して……」

彼は離すどころか、かえって力を強めてくる。

「痛い……いやよ……怖い」

「お前が高みを目指してるのはわかるよ。すごくわかる。でも、俺の前からいなくなるなんて絶対ないよな？」

「そんなことありえないわ……とにかく落ち着いて」

「そういうなだめ方もいちいち気に障るんだよ」

苛立ちと、行き場のない虚しさを孕んだ口調だった。

以前から気になることではあった。絵里の仕事がうまくいくたび見せる笑顔の裏に潜む光を失った瞳。焦燥感。それが時に重苦しい負担を生じさせた。

「大丈夫よ……私だって、祐樹しかいないんだから」

そうよ、本当の自分をさらけだせるのは祐樹しかいない。

有名になりたい、多くの人に認められたいと思っても、祐樹だけは特別な存在だ。何も変わらないでほしい。

「好きよ……今日だってウエディングドレスを着て、祐樹とのことをずっと考えて……」

「うるさい！」

パシッ――!!

乾いた音が浴室に響いた。

（えっ……）

一瞬、何が起こったか把握できなかった。こみあげる痛みに絵里は頬を押さえた。

信じられない。祐樹が私を撲るなんて――。

じんじんと痛む頬を撫でながら、しかし、本当の痛みは胸のもっと奥深くにある。鋭い針で心臓を貫かれたような痛みが、まともな呼吸さえできずにいる絵里をさらに打ちのめす。

「悪いけど、いやな予感がしてメールを見たよ。『六本木の夜が忘れられない』ってどういう意味だよ？」

祐樹のスマートフォンを持つ手が震えている。しまった。もっと慎重になるべきだった。

「う、打ち上げでちょっとご飯を食べただけよ。もちろん、スタッフや玲子社長も一緒」

今になってまた柏木から連絡が来るなんて——なぜ、もっと危機感を持たなかったんだろう。

腕をねじあげられた。そのまま引きずられ、無理やり鏡の前に立たされる。洗面台に手をつかされた刹那、いきなり怒張がズブリとハメこまれた。

「ヒイッ……!!」

全身が驚愕に硬直した。痛みなど感じなかった。それよりも、無理やり結合を深める肉塊の暴虐に、全身が砕かれそうなショックを受けた。

「何だよ、濡れてるのか」

ゆっくりと腰が前後し始める。

「そ、それは……祐樹と……」

「だまれ！　この柏木って男にハメられたことでも思い出したか？」

「だ……だから、そんなこと絶対にしてない。私は祐樹だけ」

「うるさい！」

むんずと尻丘をわし摑んだ祐樹は、人が変わったように暴虐的な打ちこみを浴びせてきた。

ズチュッ……ズチュチュッ——！

「痛いッ……乱暴にしないでッ!!」

胸元に回した手が、ひしゃげるほど乳房を荒々しく揉みしだき、乳首を潰してくる。

「痛い……やめてッ!!」

何度もうわごとのように叫ぶも、彼の突きあげはむしろ勢いを増していく。

肩口が咬まれた。犬歯が食いこんだ部分から流れた血が、ひとすじ、ふたすじと乳房に流れていく。

祐樹はかつてないほど凶暴に、おびえる体を打ち貫く。

「いや……怖い……祐樹、怖い……いやぁあああッ」

甲高い悲鳴をあげたその時だった。

カシャ、カシャ、カシャッ——！

祐樹が鏡ごしに、絵里のスマートフォンのシャッターを押したのだ。

「い、いやっ、撮らないで、やめて！」

「うるさい、お前が俺とこうしてる写真をこいつに送りつけてやる」

驚愕に歪む顔を狙い、鏡に向かってシャッターが切られる。

「やめて！」

カシャッ、カシャカシャッ——！

バスルームに悲鳴が反響する。祐樹の打ちこみは治まるどころか、かえってその威力を強めてきた。鋼《はがね》のごとく硬化した男根は、女の肉を情け容赦なく打ち砕き、粘膜を侵食する。シャッター音を上回る卑猥な肉ずれの音が、怯える絵里の体を嘲笑うようにいくども打ちのめした。

レスリング選手だった祐樹の力は尋常ではない。

絵里は貫かれるまま人形のように身を跳ねあげ、四肢を踏ん張り、嵐が通り過ぎるのをただただ待っていた。

カシャ、カシャ、カシャッ——。

機械音はなおも虚しく鳴り響く。

「ああッ、祐樹……イヤアッ」

信じられない。あの穏やかな祐樹が……。

彼の暴虐は続いた。片手でカメラを構えたまま、もう一方は下腹に回した手をぐいと引き寄せ、まるで仕置きのように腰を打ちつける。

パン、パン、パパパンッ——！

汗と体液にまみれた音がバスルームに反響し、串刺しの細い体は恐怖に慄《おのの》いた。

怒り、嫉妬、焦燥——彼の中で忌まわしい感情が爆発している。

「あああっ……やめてッ」

観念と拒絶の言葉が口を衝いて出るも、禍々しく膨張した怒張の戒めは、一向にやむ気配がない。

「こんな時に濡らしてんじゃねえぞ！」

怒りにまかせた罵声。絵里は信じられない思いで、その言葉を受け止めた。

「ち、違う……違うの——」

「何が違うんだよ、乱暴されてアソコ濡らして、お前、他の男ともこうなのか？無理やりハメられてもここを濡らしてんのかよ！」

茫然とする絵里にさらなる追い討ちをかける言葉だった。

「な、お前モデルだろう？　モデルなら、モデルらしく笑ってみろよ、ほら、ほら！」

怯えと混乱に包まれた。笑顔など作れない。それをわかっていて、祐樹はこんなにも残酷な要求を出してくるのだ。彼に、こんな一面があったなんて——。

と、そこに、
スパーーーン!!

「ヒッ……アアアッ」

鋭い痛みが尻に走った。祐樹がハメこんだまま、臀部を思い切り叩いてきたのだ。

叫ぶ間もなく、再度、分厚い手が尻を打ち据えた。

先ほどよりも鋭い音だ。のちに広がる鈍い痺れが、打擲された右臀部にじわじわと広がっていく。

カシャッ、カシャッ——！

鳴り続くシャッター音、肉ずれ音と喘ぎ声、尻をぶたれる音がいっしょくたに響き渡る。

スパーーン、スパパパーン！　カシャッ、カシャカシャッ——！

「アアッ……ヒイイッ！」

尻のひりつきに堪えながら、されるがままでいた。そうせざるを得ない。

張り出したカリの逆撫でがGスポットをダイレクトに刺激した。

「おおっ、締まってきたぞ」

「アアッ……アア」

ズンッ、ズンッ、ズンッ――！

ペニスが叩きこまれるたび、乳房が上下した。物欲しそうに揺れる乳房の先端は、さらなる苛烈さを求めるように、真っ赤な尖りを見せている。

「絵里、お前すごくきれいだよ……鏡見てみろよ」

「アアッ……アアッ」

涙がこぼれた。再び激しい肉の鉄槌と、臀部のビンタ、シャッター音が繰り返され、鏡に映る絵里の顔は、嫌悪と羞恥と混乱にますます歪んでいく。

しかし、彼はそのすべてをスマホのカメラに収め、時に、生々しい結合部にも向けた。

「イヤアッ……お願いッ……！」

「ああ、また締まってきたぞ、ああ、イクぞ、イクぞ、オオオオオッ！」

「アァァ、アアァァアアアアッ……！」

放出のさなかも怒濤の連打は止まず、とどめとばかりに祐樹は渾身の一撃を見舞った。

「クウ、ウウウウッ……」

洗面台の前で、祐樹は絵里を抱き抱えるように崩れ落ちた。

どれくらい時間が経っただろう。五分ほどにも、一時間にも感じられる。

茫然とする祐樹の手を取ると、彼の指先は血の気が失せたように冷たくなっていた。

「乱暴してゴメンな……」

その声には、暴力を振るってしまった後悔と困惑が滲み出ていた。

「祐樹……」

「お前が遠いところに行ってしまうんじゃないかと思うと……俺、不安でさ……」

我に返った彼は、自分のしでかした暴虐に後悔と詫び事を並べ始めた。

咎めることなどできなかった。

二人とも泣いていた。

バスルームに膝をついたまま抱きしめ合った。

2

「えっ、合格ですか？」

リヨン社のオーディションから一週間後、玲子から合格を告げる電話が入った。

「よかったわねえ、いい波が来てるわよ」

「玲子社長、本当にありがとうございます」

絵里はスマートフォンを握りしめ、何度も礼を言った。

「撮影は一週間後よ、しっかり体を休めて最高のコンディションで臨みましょう。私の名前を出せば、エステの予約はいつでも取れるから」

「はい、ありがとうございます」

電話を切って、すぐさま親指が祐樹の番号を押していた。

(あ……でも、やっぱり)

と、打ちこむ指が止まった。笑顔がすっと冷めていく。

口では喜んでくれるだろう。「おめでとう、よかったな。お祝いしよう」と。

でも、心は違う。また一歩、自分から離れていく恋人に嫉妬するだろう――。

一週間後――。

「本番行きまーす」

「よーい、三、二、一、スタート！」

カメラが回った。巨大な扇風機から吹き付ける風を、絵里は純白のワンピースをひるがえしながら、満身で浴びていた。

風になびく髪がふわりと頬を撫でる。裸足の下に敷きつめられた白砂が、指の間をさらさらと流れていく。

（ああ、みんなが見てる――！）

絵里は快感に萌える高揚感そのままに、最高の笑顔を作った。

「ストップ！　田崎さん、なかなかいい表情だよ。次は両手を広げて気持ちよさそうに風を受けてくれるかな。そのあとミネラルウォーターを飲んで」

モニターを覗いていた監督が、細かな指示を出す。

「はい、わかりました」

すかさず、ヘアメイクの女性が乱れた髪を整え、パウダーで汗を押さえた。

軽快なBGMがかかる中、朝から始まったCM撮影は順調に進んでいた。

——ヘアメイクを済ませた絵里がスタジオ入りした時、誰もがその美しさに歓声を上げた。絵里自身、普段から肌やスタイルを気遣い、最高のコンディションで臨んだだけに、この周囲の反応は素直に嬉しい。

「もう一度やってみようか、はい、スタート！」

カメラの向こう側には、撮影スタッフの他、社長の玲子とマネージャー、スポンサーらしき年配の男性もいる。二人はすでに挨拶を交わしたらしく、親しげに話しているのが窺える。

(私はこのCMを機にプロのモデルとして一気に脚光を浴びるのよ)

「はーい、OKです。お疲れ様でしたー！」

スタッフが叫ぶと、周囲から拍手が沸き起こった。周りにいる全員が賞賛の声をかけてくれる。花道を歩くかのように、絵里はにこやかに辞儀をしながら人波をすり抜け、玲子の側に歩み寄った。

「お疲れ様、いい表情だったわ。放映が楽しみね。こちらは、リヨン社の志賀さんよ」

「今日はありがとうございました」

絵里は丁重に礼をする。

「田崎さん、透明感に溢れていましたよ。今日の映像に海をイメージしたＣＧを合成しますので、さらにいい仕上がりになるでしょうね」

「まあ、素敵だわ。よかったわね、絵里ちゃん」

上機嫌の玲子はおもねるように笑った。

「田崎さんはこれから忙しくなりますよ。いや、実に楽しみだ」

「志賀さん、今後ともうちの田崎絵里をよろしくお願いいたします」

玲子とマネージャーが一礼するに習い、絵里も頭をさげる。

胸の高鳴りはさらに増していた。

3

「熱いッ！　ちょっと、何やってんのよ！」

「す、すみません、優奈さん!!」

出勤前の六本木の美容室。長い髪をカールしていた美容師の持つヘアアイロンが耳に触れ、優奈は声をあげた。鏡ごしながらギロリと睨んだ目に、新人の女性美容師は頬を引き攣らせた。

「あなた、それでもプロ？　前も逆毛を立てる時にぎゅうぎゅう引っ張って痛いって注意したわよね」

「す、すみません……」

「ヤケドでもしたらどうしてくれるのよ。こっちはこの顔で商売してんのよ！」

荒らげた声に、四十代の店長が駆けつけてきた。「あとは僕が代わるから」と新人を追いやり、

「申し訳ありません。今日のお代は要りませんので」

と小さく言った。

六本木・アマンドの裏手にあるこの美容室には週に二、三度通っている。場所柄、夕方から夜にかけては水商売の女たちで埋め尽くされる。

時に、店の経営状況や客の懐具合、ホステスの引き抜き話が飛び交う美容室は、夜の蝶たちの格好の情報交換の場となる。特にママ、チーママ連中は化粧や営業電話をしながらも周囲を警戒し、情報収集に余念がない。

客を取った、取られたのモメごともしょっちゅうだ。

それを嫌ってわざと地元の美容室でセットを済ませてくるホステスも多いと聞

いた。

一回のセットはロングヘアで五千円。ショートでも四千円かかるこの高級店にしたのは、マノンのママの勧めもあったが、何よりも自分自身が高級な女でありたいから。たかだか数千円をケチって、安っぽい女と一緒の美容室に通うこと自体、私の美意識が許さない。

「いいわよ、店長がやってくれるならちゃんと払うわよ」

「いいえ、今日のお代は大丈夫ですので」

そうニッコリと笑う顔には、長年、海千山千の夜の女を相手にしてきた貫禄と余裕が見て取れる。

（違うのよ——私の苛立ってるのは店員のせいじゃない……）

店長が笑顔で気遣いを見せる中、優奈はどんどん惨めな気持ちになっていく。

イライラの原因はわかっている。今日はＣＭの撮影日。きっと絵里さんは成功させて、周囲から絶賛されているはずだ。

今頃、社長やスポンサーと食事でもしているのだろうか。

なのに、私はこれからクラブに出勤……。笑いたくもないのに笑い、好きでもない客に好意のあるふりをして、機嫌を取って、男の下心を巧みに操って——。

絵里さんよりも、私のほうが若くて美しい。スタイルだって、細いだけのあの女よりも、メリハリある私のほうがずっと魅力的だ。

（なのに……）

神様は何て不公平なんだろう。

あの人は何不自由なく育ったお嬢様だ。

一方の私は——。

父の経営していた工務店が倒産した。

ススキノのクラブで働いていたところを、玲子にスカウトされ上京したものの、そんな苦労話は周囲にしていない。ましてや父が自殺したとは、口が裂けても言えるはずがない。

悲劇のヒロインあつかいされ、同情されるほど惨めなことはないからだ。

世の中には悲劇のヒロインになることに悦びを見出す類の女もいるが、自分は断じて違う。常に日の当たる場所を、当たり前のように歩んできた幸福な女だと思われたい。

何が何でものしあがり、世間を見返してやりたい。

この身ひとつで——。

家庭には恵まれなかったが、唯一、両親に感謝していることはこの美貌を与えてくれたことだ。遺伝はくじ引きと同じ。両親の持つＤＮＡの偶発的な組み合わせで、容姿も能力も性格も決まる。

幼い頃から人形のようだと言われ続けた。小中学校の文化祭ではいつも主役に抜擢されたし、通学時を狙ってカメラ小僧に隠し撮りされたこともある。すれ違う人間が振り返ることは当たり前、自分はそういう立ち位置にいることが子供時代から植え付けられた。

しかし、所詮それは井の中の蛙であった。

東京に来てみると、自分レベルの美貌は掃いて捨てるほどいることを知った。そして、経済的にも恵まれ、温かな家庭や恋人がいて、何よりも皆、幸福感に包まれていた。

あの女もその一人だ。実家が一等地にあり、ミスコンあがりで、女性なら一度は憧れるＣＡ経験者。

あの人にだけは負けたくない。

イメージガールも勝ち取り喜んでいた矢先、ＣＭのオーディションにあの女が合格した。悔しさは募る一方だった。

悔しい、負けたくない、負けたくない――。

「さあ、仕上がりましたよ。いかがですか？」

その声に優奈は我に返った。

店長が鏡ごしに微笑んでいる。セットされたヘアは、サイドをふんわり巻いた空気感あるもの。自然なウエーブが希望通りで、どの角度から見ても美しい仕上がりだ。

「あら、なかなかいいじゃない。前髪のカーブの具合も好きだわ」

「ありがとうございます」

店長がホッとする中、優奈の心は別な場所にあった。

あの女にだけには負けるもんか――。

ざわめく心はいっそうのライバル心を燃やしていた。

4

「もしもし、絵里さん。優奈です」

優奈から電話があったのは、ＣＭ撮影から数日後の金曜の夕刻だった。

目黒の自宅で、母と歌舞伎のＤＶＤを鑑賞していたところだ。

母は歌舞伎が大好きで、お気に入りの役者や演目が歌舞伎座で上演されると必ず観にいく。歌舞伎にはそれほど興味のない絵里だが、親孝行のつもりで年に一度か二度付き合うことにしている。それが、今年はモデル業や顔見せで忙しく、ついつい付き合いそびれていた。付き合えない分、ＤＶＤを買って母にプレゼントしたところだ。

演目は母の大好きな、「義経千本桜」。

母娘で仲良く見ていたところへ優奈からの電話である。

夢中で見入る母は、絵里がソファーから立っても眼中にない。

「急なんですが、来週の火曜の夜、予定あります？」

「……え、ええ……今のところ、空いてるけれど……」

絵里は母から離れた場所に移動し、小声で返した。

「よかったらマノンに遊びに来ません？」

優奈は絵里の好奇心を見透かしたように誘ってきた。以前誘われたきり、そのままになっていた。

「ごめんなさい、せっかくのお誘いだけどやめておくわ……」

「何か不都合でも？」

「特に……ただ、あまり気乗りしないの」

「そんなこと言わないで下さいよ。絵里さん、前に面白そうって言ってくれたじゃないですか」

「ええ、そうね……」

「CM撮影も終わったし、数時間なら大丈夫じゃありません？」

「取れることは取れるんだけど……夜はちょっと」

先日のお台場デート以来、祐樹は毎晩のように電話をかけてくる。たいした用件ではない。残業中時間ができたとか、今日は悪天候で欠航便が続いたとか、ようするに絵里が今何をしているのか、すぐに電話に出られる状態か探りを入れているのだ。

「何かあったんですか？」

「ううん、ちょっと親がうるさくて。それに、あまり浮かれた行動もしたくないし」

彼が厳しくて、とは言いたくない。

「そんなこと言わないで下さいよ。じゃあ、内緒にしたかったけど切札を出しますね」

「切札？」

「なんとNNCテレビの大物プロデューサー・藤堂《とうどう》さんに絵里さんの話をしたら、ぜひ一度会いたいって」

「えっ、あの敏腕プロデューサーの藤堂研三《とうどうけんぞう》さん？」

「はい、あの藤堂さんです」

　優奈は大物の名を挙げてきた。エンターテインメント好きな母から何度も聞いた名前だった。藤堂は確か八十年代アイドルブームの火付け役、トレンディドラマの先駆け、お笑い界の大ヒットに加え、数々の名女優、アイドル歌手を世に送り出した敏腕プロデューサーだ。

　還暦すぎた彼を「恩師」「東京の父」と慕う有名人も多く、業界では抜きんでた存在だ。

「でも……わざわざ六本木のクラブまで出向く必要はないでしょう？　本当に会いたければ、昼間会社で顔合わせとか、もっと他に方法があるはずじゃない？」

「じゃあ、断っていいんですね？」

「えっ？」

「あちらはお忙しい方です。毎日予定がぎっしり詰まっていて、やっと来週火曜日に飲みに来てくれることになったんです。それも、取り巻きがいっぱいの接待じゃなくて、あくまでもプライベート。このチャンスを逃してもいいんですか？」

言葉を失う絵里にさらに優奈は畳み掛ける。

「その日は民友党の吉岡《よしおか》さんもお忍びで来るんですよ。もちろん藤堂さんとは別席ですが、政界とテレビ業界の大物がかち合う日なんて、そうそうありません」

携帯から響く優奈の声は誇らしげだった。

「じゃあ、火曜日の件はお断り、ということで――」

「待って！」

一瞬の間があって、絵里はその言葉を告げていた。

「藤堂さん、何時に来るの？」

第四章　夜の特別オーディション

1

「いらっしゃいませ」

約束の九時、絵里はマノンの扉を開けた。

エントランスで出迎えたのは、紳士的な物腰で一礼する笑顔の黒服たち、そして店内から響く笑い声。

「どうぞ、こちらへ」

案内されるまま間接照明が照らす回廊を進み、客席に踏み入れると、そこは別世界だった。

高い天井から灯る煌《きら》びやかなシャンデリア、随所に飾られた壮麗な生花と壁面の絵画、革張りソファーが連なるボックスシートは二十席ほど。

大理石のテーブルには高級酒とフルーツ盛りで彩られ、鮮やかなドレスに身を包んだ美しいホステスが客たちに寄り添いつつ、楽しげに談笑している。

中央に配したグランドピアノでタキシード姿の熟年ピアニストが奏でるのは、耳触りのいいスタンダードナンバーだ。

ざっと見渡すと、客層はスーツ姿の熟年男性が多い。三十前後の若者もちらほら見えるが、細身のスーツにブランド物のネクタイを締め、いかにもやり手ビジネスマンといった風情だ。

座って五～六万の高級店にもかかわらず、平日とは思えない賑わいを見せていた。

（ここで優奈が……）

目を凝らした。

ホステスたちはドレスもヘアメイクもステージ衣装のように艶やかで、何よりみな美しい。モデルとしても十分通用するハイレベルの女たちが、肩や胸の谷間、背中を惜しげもなく晒し、華麗に、無邪気に、蠱惑的に微笑んでいる。

それはまさに美の饗宴であった。

平凡な紺のワンピースで来た自分がひどく地味に感じてしまう。

「お連れ様は、もうお見えになっています。どうぞ」

絵里はさらに奥へと促された。

賑わう店内とは一転、通されたのはモノクローム映画に出てくる書斎のような重厚な空間だ。天井までの書棚には洋書が並び、下段には高級洋酒、シガーケース、大理石のテーブルに本革のソファー。ずらりと並んだ光沢あるグラス類はバカラだろうか。

歓談している客が数組いるが、両手に抱えるほど大きな生花のオブジェが目隠し代わりとなり、他の席は極力見えない配慮がなされている。

「絵里さん、お待ちしていました」

胸の谷間もあらわなシルバーのドレスを着た優奈が立ちあがった。

「こちらNNCテレビの藤堂さんです」

横に座る大柄の紳士が、待ちかねたように脂ぎった顔を破顔させた。

「おお、君が田崎絵里さんか」

オールバックのヘアに洒落たチェック柄のジャケット、赤いネクタイ。眼鏡のフレームも揃いの赤だ。カフスが覗く腕に光るのは金のロレックス。

分厚い唇の上にはちょび髭をたくわえ、いかにも業界人という風情だ。

確か還暦すぎのはずだが、肌艶の良さといい頑丈な体軀といい、十歳は若く見える。

「先に名刺渡しとくよ。よろしく」

胸ポケットから名刺がさっと差し出された。眼鏡の奥の目つきは鋭く粘っこい。

その双眸が一瞬の隙をついて絵里の体を上下に舐める。

名刺には「NNCテレビ制作部　部長　執行役員　藤堂研三」と記されている。

「ありがとうございます。私は名刺を作っていないもので……」

「ああ、かまわんよ。名刺は君自身だ」

藤堂の向かい側に座ろうとする絵里に、

「絵里さん、二人で藤堂さんを挟んで座りましょうよ。両手に華で」

優奈が促してくる。

三人並んだところで、別のホステスが向かい側に座り、飲み物を作り始めた。

「俺はバランタインの三十年だけど、絵里さんもこれでいいか？」

「は、はい……ご一緒にいただきます」

その時、優奈の手がそっと藤堂の膝に置かれた。

「藤堂さん、記念すべきお二人の出逢いの日なんだから、ここはシャンパンでしょう?」

手は太腿を撫で始める。

「まいったな。優奈は何かと理由をつけてシャンパンを抜かせたがる」

「うふふ、いいじゃない」

「俺のものをヌケと言っても、ちっともヌイてくれないのに」

「いきなり下ネタはだめよ! はい、どれにする?」

すかさずボトルメニューを手渡す優奈に、藤堂は苦笑しながらも視線を落とす。

「モエ白だな」

「そんな安いのダメよ、最低でもピンク」

「じゃあモエピンだ」

「藤堂さんにモエピンは似合わない」

「いったい何がいいんだ? 俺の気が変わらんうちに早く決めろ」

つっけんどんながらも漫才のような掛け合いに、絵里はくすりと笑った。

「そうね、ベルエポックかドンペリはどうかしら?」

優奈は藤堂の脚にピタリと膝を密着させ、手は腿に置かれたまま。時おり豊満な乳房を二の腕に押しつけている。

(へえ……ホステスって、こうやってお客さまに甘えるのね)

「仕方ない、ドンペリのピンクだ」

「やったあ。藤堂さん大好き!」

優奈が手をあげると、黒服が手際よくシャンパンとフルートグラスを用意する。

ちらりとメニューを見れば、ドンペリ・ピンクは八万円。

(うそ……座って五万の店でさらにプラス八万……合計いくらになるのかしら)

蒼ざめる絵里をよそに、優奈は満面の笑みでシャンパンが注がれたグラスを持ち、コホンと咳払いをする真似をする。

「では、日本のエンターテインメント界をけん引する藤堂さんと、ブレイク直前の絵里さんの出逢いを祝して、乾杯」

「カンパーイ!」

優奈が乾杯の音頭をとると、四つのグラスがカチリと小気味いい音を鳴らした。

「藤堂さんは超人気アイドル・グループや韓流スターの仕事も手掛けているの」

「ええっ、本当?」

「ああ、大物ロックスターが来日する時も、日本滞在中の仕切りを任されることが多いよ」

「すごーい！　ねえねえ、業界の裏話、聞かせてくださいよぉ」

優奈はグッと身を乗り出した。

「だめだ、いくらお願いされてもそれだけは秘密だ」

「……ってことは色々あるんですね。じゃあ当たり障りのない芸能人のウラ情報ならいいでしょ？　教えて」

「断る」

「お願い、少しだけでいいの。ねえいいでしょう？」

「仕方ないな」

渋っていた彼も優奈の勢いに負かされ、モデル出身の女性タレントのマクラ営業や整形疑惑、新興宗教にのめりこんだ大女優のマルチ商法、さらにはホモだのレズだのと話し始める。優奈の聞き上手ぶりに、次第に口の堅さが薄れていく。

黙って聞き入る絵里に対し優奈は、

「へえ、そうなんですか」

「凄いネタ、ゲット」

「さすがは藤堂さん、芸能界の裏の裏まで知り尽くしてる」

などと絶妙のタイミングでヨイショを入れ、話の腰を折ることはない。藤堂は気を良くして舌が滑らかになった。

彼は始終機嫌で饒舌になり、話は笑いと驚きを交えながら盛り上がる一方だ。何よりも、絵里を気に入ってくれたことが手に取るようにわかる。

彼の話が一区切りついたところで、

「優奈ちゃん、お店に誘ってくれてありがとう。藤堂さんと会えて今日は本当によかったわ」

そして改めて藤堂に向き直り、

「面白くて思わず聞き入っちゃいました。藤堂さんて本当に凄いんですね。尊敬します」

我ながら歯の浮く台詞《せりふ》だと思ったが、

「嬉しいよ。絵里ちゃんは元CAだけあって賢いし、素直な子だな」

藤堂も大人の対応をしてくれる。

「滅多に聞けない貴重な話を伺えて光栄です」

「芸能界はモデル業とはわけが違うぞ。今以上にライバル心剝きだしで、足の引っ張り合いもハンパじゃないからな」

「やっぱりそうなんですね……」

「芸能界にはこんな格言があるんだ」

藤堂は改まった。

「『神経のある人と、ない人では、ある人のほうが負ける』。この意味わかるか？」

「つまり、いちいち神経を過敏にさせていると潰されてしまうってことかしら？」

優奈がシャンパンを呑みながら、意味深に囁いた。

「業界には夜の世界以上に魑魅魍魎《ちみもうりょう》がいるからな。自分さえよければいいどころか、上に行けるのなら、人を蹴落とす、人の足を引っぱることを何とも思っていない連中は珍しくないさ」

「人を傷つけることに罪悪感を持たないということですか」

絵里が聞くと、

「というよりも、人を傷つけるという意識すらないんだ。無神経というかな……。ま、そうじゃないとのしあがれないのが芸能界さ。他人の気持ちを気にかけちゃ、生き残れない」

藤堂の言葉に絵里も優奈も言葉を失った。二人を交互に見ながら、

「なに、いざとなったら守ってあげるよ。安心しなさい」

「藤堂さん……ありがとうございます」

安堵の気持ちが広がっていく。顔見せ程度とはいえ、今日は来てよかった。業界の大物と席を共にする高揚感、口当たりのいい高級酒を呑んだうえ、これから飛び込もうとする世界への大きな後ろ盾を得た安心感も手伝って、絵里もすっかりいい気分だ。

そんな気のゆるみが、つい余計なことを言ってしまった。

「それにしても、クラブのお酒って高すぎません？　なんか落ち着いて飲めないわ」

藤堂に高額を使わせてしまった負い目もあり、勢いで高級酒のことを口にしてしまったのだ。

一瞬の沈黙の後、

「絵里さん、それは違いますよ」

優奈の声が響く。

「こういう場所へ来られるのはごく一部の限られた方。選ばれた人なんですよ。そんな殿方のプライドをわかってあげなくちゃ。ねえ、藤堂さん？」

「ああ、優奈の言う通りだ。今でこそ標準語を話してるけど、俺の生まれは大阪だ。大阪の人間はコストパフォーマンスにうるさい。誤解しないでくれよ。安けりゃいいってわけじゃないぞ。同じ金額払うんだったら、よりいっそう満足したいんだ。クラブに来るのは、いい女に囲まれ、彼女たちをはべらせたいからだ。そして、自分もここまで稼げる身分になったという誇らしさや満足感を抱く。もちろん見栄だよ。でも、その見栄を張りたいばかりに仕事に熱が入るんだ」

藤堂が絵里を諭したところに、

「お邪魔してもいいかしら」

雅《みや》びやかな着物姿の女性が現れた。

孔雀青の着物に銀鼠色の帯がしっとりと大人の魅力を漂わせている。美しく結い上げた艶髪、雪白の肌に細面の輪郭、長い睫毛に縁どられた切れ長の目元は、典型的な夜の女を思わせた。

「おお、真子《まこ》ママ。相変わらずの美魔女だな」

「嬉しいわ、お褒めの言葉と受け取るわね」

真子ママと呼ばれた女性は、藤堂の対面に優雅に腰をおろした。

「ちょうど優奈にシャンパンを抜かされたところだ。ママもいいタイミングで来るなあ。盗聴器でもつけてるのか」

「ふふ、うちの子たち、しっかり教育されているでしょう？」

真子は簪《かんざし》に手を当てながら、くすりと笑う。

（この人が優奈に日給五万を払っているやり手ママね……）

ついじっと見つめる絵里だった。袖から伸びた手は白魚のようになめらかで、大きなダイヤの指輪がひときわ映えていた。

これだけの店のオーナーママだ。どうやってここまでのしあがったのだろう。普段はどんな暮らしをしているのだろう。もしかしてヤクザや政治家がバックについているのだろうか。

その視線に気づいたのか、真子が艶然《えんぜん》と目を向けてきた。

「こちらが優奈ちゃんの友達のモデルのお嬢さんね」

一瞬、蠱惑《こわく》的な瞳に見入られ、絵里は自分がいらぬ妄想を抱いていたことに気づいた。

「は、はい……田崎絵里です」

「うわさ通りきれいな方ね、ママの真子です」

ダイヤで光る手が、「叶真子《かのう》」と書かれた和紙の名刺を差し出した。

「ありがとうございます」

恐縮しながら受け取る。

「元CAって聞いたけれど」

「はい、スカイアジアに一年半いました」

「たった一年半？　もったいないわね」

「いいじゃないか、やりたいことがあるんなら早けりゃ早いほどいい。まずは、乾杯だ」

横でグラスを持った藤堂が促した。真子は片手で袂《たもと》を押さえながら、

「そうね、じゃあ頂きます」

二度目の乾杯の音がカチリと響いた。

「類は友を呼ぶというのは本当だな。ママが美人だから、女の子も美女ぞろいだ」

実際、この店は美人揃いだが、露骨な世辞でも、藤堂の口から出ると違和感がない。真子は笑顔で受け止め、

「藤堂さんでしたら、もっと美人ママのお店に通っていらっしゃるでしょう」

「俺は六本木のクラブといえば、ここしか知らないぞ」

「あら、先週の木曜日、素敵な方と不久《ふく》寿司に入っていかれたのお見かけしましたよ。『ビザンチン』のチーママじゃなかったかしら」

真子は上目使いで藤堂を見る。「見られたか」と開けっ広げに認めるのがいかにも藤堂らしい。

「正直言うと、ビザンチン以外にも何軒か行ってるんだ。でも、この店ほど繁盛してる店はないな。他の店は露骨なんだよ。毎日のように営業電話はしてくる、席に着いたら同伴の約束を求めてくる、うっとうしくて落ち着かないよ」

「六本木も景気が良くないからですよ」

「だから差がつくんだ。景気がよかったら、繁盛店ばかりじゃないか。景気に頼ってては客層が偏《かたよ》るしな。ここは俺のような芸能関係の他、医者、医薬品業界、ゼネコン、電気メーカー、自動車メーカー、不動産屋、証券、銀行、それに政界、本当に幅広い客層だ。だから、景気に左右されずにやっていけてるんだな」

藤堂の話に真子は神妙にうなずいた。

「ところでママ、ここにいていいのか?」

「なにが?」

「向こうの席にいるの、民友党の吉岡峰夫《みねお》だろ?」

「かまわないわ、チーママの由美《ゆみ》が仕切ってくれてるから。私は会計ババアに徹するだけ」

「こないだ秘書の石井《いしい》が不祥事を起こしたばかりなのに、もう夜遊びか。いいご身分だ」

「銀座じゃ目立つからダメなんですって。そんな理由で来られてもねえ」

「上等じゃないか。この際だから、銀座から奪ってやれ」

「だめよ。あの人、老舗『グレイ』の沙理《さり》ママを愛人にしてるの。沙理も沙理で新人ホステスにマクラさせてるし、ちょっとやそっとじゃなびかないわ」

聞きながら、ドギマギしてしまう。クラブとはこうもきわどい話が安易に飛び交うのか。

横にいる優奈を見れば、平然と笑みを湛えている。

と、ここで真子は思い出したように声を弾ませた。

「そうそう、来週十周年のパーティがあるの。藤堂さん、お忙しいと思うけど、お時間作っていらして」

「もう十年になるのか、初めて真子に会ったの確か八年前だな」

「ええ、私が二十五歳のバースデーの時。制作会社の田辺《たなべ》部長が連れてきてくれて……確か十数名の団体だったのよね。田辺さん、最近見ないけどお元気かしら？」

「知らなかったのか？　もうずいぶん前に異動になったぞ。今は九州だ」

「ええっ、知らなかったわ」

「これだよ」

と藤堂は小指を立てる。

「まあ、あちこちで女の子口説いてるのは知ってたけど……天罰かしらね」

「ま、歳をとると叩けばホコリの一つ二つは出るもんだが、遊びもうまくやらんとな。女選びを間違えるととんだ疫病神をつかまえる」

シャンパンからバランタインに切り替えた藤堂は、しみじみとグラスを傾けた。

一瞬、沈黙が走るも、すぐに真子は笑顔を見せる。

「そういうわけで、絶対いらしてね。最終日は特別にコスプレパーティなのよ」

「コスプレですか、面白そう！」

その話に優奈が食いついた。

「でしょう？　コスプレデーは毎年盛りあがるのよ。女の子もいつも以上にやる気満々だし」

「私、何着ようかしら。ナースやレースクイーンもいいけど、絵里さんみたいにＣＡもやりたいな」

「あら、ＣＡの制服なら本物があるわよ。貸しましょうか？」

「えっ、いいんですか？」

破顔する優奈から、真子は絵里へと視線を流す。

「そうだ絵里ちゃん、その日一日だけ店を手伝ってくれないかしら。ＣＡ姿で」

「えっ？」

「お願いよ。お給料弾むから、五時間だけ」

真子は顔の前で手を合わせた。

「わあ、本物のＣＡの制服なんてレア感たっぷりじゃないですか。絵里さんがＣＡやるのなら、私はセクシーに水着になろうかしら」

「ちょ、ちょっと待って下さい。私、ホステスなんてできません」

祐樹にバレたら困る。さすがに水商売ともなると、両親だっていい顔しないだろう。

逡巡していると、黙って聞いていた藤堂がコトリとグラスを置いた。

「一度くらいいいじゃないか。今後のためにも、高級クラブは貴重な経験になるぞ」

「そうですよ。藤堂さんもそう言ってくれてるんだから一晩だけ。真子ママの男あしらいを見てるだけでも勉強になりますよ」

「ちょっと、優奈ちゃん」

優奈はぺろりと舌を出す。

「よし、前祝でもう一本シャンパン追加だ！」

勢いづいた藤堂が二本目のシャンパンをオーダーする。歓声とともにあれよあれよと言う間に話は進み、すっかり断るタイミングを失ってしまった。

結局、十周年パーティで絵里はＣＡ時代の制服を着てホステス役を務めることになった。

2

「んん……」

朦朧とした頭の隅で、誰かが自分の名を呼んだ気がした。

体がだるい。重い瞼が呼吸のたびに痙攣し、胃の中がゴボゴボ発酵している。無意識に寝返りを打つ体が、ひんやりとした場所を探している。

こみあげてくる苦いものを必死に抑え、大きく息を吸ったその時、

「絵里……」

再び名を呼ばれ、絵里の背筋に冷たいものが走った。

夢ではないことに気づいたのは、ペキッとアルミ缶を潰す音が響いたからだ。

(えっ……?)

うっすらと見開いた視界に映ったものは、高い天井に走る光の帯。壁に掛けられた絵画。ガラスのテーブルとソファー。

シンプルな、しかし全く見覚えのない空間が絵里を囲んでいた。

(ここ、どこ……?)

ハッと体を起こすと毛布がずり落ち、自分が下着姿でベッドに寝かされていることに気づいた。

「いやっ」

慌てて毛布を引きあげ胸元を隠す。

窓からの光だけで照らされた洋間は、まったく見覚えがない。不穏な空気に目を凝らすと、窓辺の椅子に何者かがいる。

それが藤堂だとわかるまで数秒を要した。

ジャケットを脱いだ藤堂は、ワイシャツを腕まくりし、缶ビール片手にじっとこちらを見つめていた。

「あ、あの……ここは……？」

ネオンの光が藤堂の眼鏡に反射した。

「なんだ、覚えてないのか？　俺が借りあげてる赤坂のプライベートマンションだ」

「な、なんで……ここに？」

「絵里ちゃん、『ピンドンなんて初めてです』って浴びるように呑んで潰れたんだよ」

藤堂はグビグビとビールを呷った。

「で、でも……洋服が」

「ああ、ここに運んだ時、優奈が『酔った時は衣服を緩めなきゃ』って脱がしていったんだ。シワにならないよう壁にかけてるだろう？」

藤堂は顎でドア横のハンガーラックを差した。

「優奈が……」

言葉を継げずにいる絵里に、藤堂は不気味な笑みを浮かべた。

「言っとくが、俺は運ぶのを手伝っただけで何もしてない。それより、本当に記憶にないのか？　優奈に何度もキスを迫ってたんだぞ」

「そんな……私が優奈にキスなんて――」

絶対にありえない。

ペキッ――！

分厚い手の中でアルミ缶が潰された。それをテーブルに置いて立ちあがった藤堂は、じりじりと近づいてくる。

「い、いや……来ないで」

彼は歩みを止めない。追い詰めた獲物に舌なめずりをするかのように、一歩、また一歩と接近してくる。

「い……や……」

恐怖に引き攣る喉奥から、声にならない悲鳴が漏れた。

「なあ、芸能界で勝ち残りたいんだろう？　俺がいくらでも後押ししてやるよ」

ベッドまで歩み寄ると、怯える絵里の横にどかっと尻を置いた。酒臭い息と汗じみた体臭が鼻を衝《つ》く。

恐怖と混乱、おぞましい目論み——様々な思いが交錯し、絵里の体を硬直させる。

逃げなくては——。

いや、ここで逃げたら——藤堂の怒りを買えば、私の未来は消えてしまうかもしれない。プライドの高さは、あの根岸以上だろう。

どうしよう、どうしたらいいの……?

「あ、あの……私……」

そう言いかけた時だった。毛むくじゃらの腕が胸元に伸び、毛布ごとブラジャーを引きおろした。

「ああっ」

白い乳房がぷるんとこぼれると、

「おっ、きれいなオッパイじゃないか。脱いでガッカリする子もいるんだけど、君は合格だ」

巨体が覆いかぶさってきた。背中に回った手がホックを外し、ブラがむしり取られる。

「イヤアッ……アアッ」

胸元を隠した。すぐさま逃げようとベッドで身をずらすも、岩のような巨体にのしかかられたとあっては身動きが取れない。何度も肩をどつかれベッドに叩きつけられると、ぎゅうっと手首が押さえつけられた。

「い、痛い……」

涙に濡れた目が、ギラつく表情を捉えた。ニンマリと薄笑みを浮かべながら鼻息を荒らげた藤堂の唇が首筋に吸いついた。

「あ、ああっ……」

ざわりとした口髭とともに、湿った唇がナメクジのごとく肌を這い回る。

ネロリ……ネロリ……。

髭がチクチクと柔肌を刺す。蠢く舌は鎖骨を舐め、膨らみをねぶり、やがて乳首を吸い立てた。

「くうッ……」

震える体が大きくのけ反った。敏感な蕾がちぎれるほど吸引され、おぞましい戦慄が乳首から子宮へと走り抜けていく。

藤堂は呆れたように笑った。

「今さらお嬢さんぶるんじゃない。乳首が勃ってるぞ」

一瞬、愕然とした。その隙を狙い彼は再び乳房に顔をうずめると、毒々しさにぬめる舌で先端を吸い転がしてくる。

「クッ……ハアッ」

必死にもがいても男の力にはかなわない。単なる大柄で肥満と勘ぐっていた体は、かなりの筋肉質で、当然力も強かった。

摑まれた両腕がじりじりと持ちあげられる。抵抗すればするほど藤堂の力は万力のように腕を締めあげ、ついに両腋があらわになった。

「い、痛い……ッ」

嬉々として藤堂は鼻息を荒らげ、窪みに顔を寄せた。髭を押しつけたままクンクンと鼻を鳴らす。

「クッ……あ……ぁ」

「ワキ汗がぐっしょりだ。ああ、いい匂いだ」

しばらく鼻先を窪みに押しつけ、匂いを嗅いでいたかと思うと、やがて密着させた分厚い舌がベロリと腋下を舐めあげた。

「はあっ」

ネチャネチャと不快な音が響く。猛烈な羞恥と嫌悪が渦まくも、舌の動きが止まることはない。時に舌を上下に躍らせ、強烈な吸引を浴びせながら、恥じ入る絵里の肌をねっとりと這い回っている。

馬乗りになられ、押さえつけられた身はなすすべがない。

再び舌は乳首へと移動した。

「あっ……ああ」

「スケベな体だ。さっきより硬くなってるぞ」

酒臭い息とともに粘つく唾液がまぶされていく。

チュパッ……チュパッ……。

「くううっ」

「よく聞け。来月CMがオンエアされたら状況は一変する。ブレイクするか、その時だけで終わるかはメディアとの連携プレーで変わっていくんだ。あの女社長にそれだけの力はあるのかな?」

「ど、どういうことですか……?」

「いいか、アイドルなんてすべて仕組まれたものだ。俺の一声で評論家やネットの人気投票なんていくらでも操作できる。俺に恩を売っといて損はないぞ」

唇と髭を唾液に光らせた藤堂が薄く笑う。

「そ、そんな……もしかして初めから私を……」

抱くつもりだったのね——と言おうとした時には、藤堂の手は絵里の乳房を乱暴に絞りあげていた。額に汗粒を光らせ脂ぎった顔が双乳に頬ずりをする。

「たまらんな、この感触」

再び膨らみを玩弄されるころには、頭の中で冷静に計算する自分がいた。

（——そうよ、柏木にだって抱かれたじゃない。あんな低レベルの男よりもこちらのほうがずっと大物——我慢しさえすれば、夢をかなえられるチャンスがある）

脱力した体を投げ出すと、藤堂はＯＫと察したのか、

「さすが賢いな。それでいい」

言いながら右手でパンティに手をかけた。

「あっ……」

汗で張りついた下着が引きおろされていく。

密封された女の秘口が硬質な空気に晒された。

「どこもかしこもスベスベだ」

手は尻と太腿を撫で回しながら、足首からパンティを抜き去った。

「下着がぐっしょりだ。ほら」

目前に突きだされたクロッチ部分には涙型のシミが色濃く滲んでいる。

「いやっ」と奪い返そうと手を伸ばした時には、パンティは放り投げられ、膝頭を摑んだ手が太腿を大きく割り広げていた。

藤堂の顔が股ぐらに潜り込む。熱い視線が食いいるようにその場所をねめつけた。

「ほう、これが元CAでモデル・田崎絵里のオマ×コか。きれいなもんだ」

「うっ……」

懸命に足を閉じようとしても、所詮それは無理な足掻き。しかも、がっちりと内腿を押さえた手がそれを許さない。

「毛が薄くてビラビラも小さいな。色艶といい、形といい、期待通りだな」

分厚い舌が秘裂を舐めあげた。

「くッ……」

ガクガクと下肢を痙攣させる絵里の太腿のあわいを、軟体生物のように舌が躍り狂う。

「おお、ケツの穴までお汁が垂れてきた」

藤堂はこってりと唾液をまぶし、肉ビラを揉み舐め、硬く尖らせた舌先で肛門をつつき始めた。吸われた肉ビラがヒクつき、膣奥が否応なく収斂していく。

「はううっ……」

「ヤリマンの優奈よりもキレイなオマ×コだ。おお、久しぶりに激しく勃起してきた」

「えっ……」

絵里の動きが一瞬、止まる。

この人……やっぱり優奈とも――。

そう思った時には、再び分厚い舌がねちっこく女陰を這い回る。

「なるほど、絵里は下ツキだな。バックからハメられるの好きだろう？」

「なっ、なにを……」

「ふふっ、まだまだウブだな。可愛がりがいがある」

言いながら焦れる尻を引き寄せ、女の花を舌で捏ねては食《は》み、女汁を啜りあげる。

気づけば涙が頬を濡らしていた。

自分の欲する成功は、こうまでして手に入れるべきものなのだろうか——。

自問する反面、今ここで断ってはのちに後悔するかもしれない。相反した感情が交差する。

ズジュッ……ズジュジュッ……。

「ああっ……お願い」

間断なく浴びせられる巧みな刺激に、思考が混濁していく。

拒絶すればいいのに、それさえもできない。藁《わら》をもすがる思いで他人の口車に乗り、不確かな希望の光を見出すこの行為こそ、愚かなはずなのに。

意に反して蕩ける蜜があとからあとから湧き出してくる。

愛汁を啜られる音が耳を打つ。耳を塞ぎたくなるようなこの媚音さえも、さらなる疼きをもたらす甘美な音色。浅ましいほどに愉悦に染まる肉体が恨めしい。

チュパッ……。

花びらを弾いて、藤堂が股間から顔をあげた。

「剝けきって血マメみたいだな。もう入れても大丈夫だろう」

ベルトを外しズボンを脱いだ。突き出た腹は目立つが、それ以上に大蛇のようにそそり立つ男の凶器に目をみはった。くっきりと静脈を浮き立たせた欲望器官は、絵里がかつて見たものの中でも圧倒的な猛々しさだ。まるで彼の人格そのものを表すように。

「入っていくのをしっかり見てろよ」

下半身裸になった藤堂は、野太い胴幹をしごきながら、M字に固めた秘唇に先端をあてがった。

「あっ……」

絵里は汗ばむ手でシーツを握りしめた。

亀頭が数回、濡れ溝をすべった刹那、花ビラを巻きこみながら、肉棒がズブ……ズブブブッと膣路を貫いた。

「クッ、アアアッ……！」

熱い塊に割り裂かれ、体が大きくのけ反る。

「そうら、根元までズッポリだ」

一気に貫く激しい衝撃に、一瞬、息が止まった。

「これで何人もの女をヒイヒイ啼《な》かせたんだ」

藤堂がさらに腰を押し入れる。

ズブッ、グジュッ――！

徐々に潤う愛蜜に後押しされ、速度を増した突きあげが容赦なく浴びせられた。

「アアッ……ヒクッ……」

乱打のたび、絵里の体は人形のように跳ねあがる。叩きこまれては全身を波打たせ、もんどりうたせた。藤堂の欲望そのままに総身が侵食されていく。粘膜が割り裂かれ、抉られ、呼吸が止まりそうになる。

しかし、不思議なものだ。相手が、多くのアイドルを育てヒットを飛ばす仕掛け人だと思えば、自分もきっと同じ場所にあがってやるという、野心が湧いてくる。この屈辱を決して無駄にはしないと。

ひとしきり打ちこみを浴びせると、藤堂は絵里の脚を両肩に抱え上げた。尻が浮きあがると同時に、鋭角に刺さる男根はさらに膣奥深くにその身を沈ませた。

パンッ、パンッ、パンッ、パパパンッ――！

「アアッ……くうううっ」

苛烈な衝撃が襲い、内臓が軋んだ。

細腰を抱えこまれ、斜め上からぐさりと穿たれるたび、無念と羞恥、快楽が揺れ惑っていた。

ぐっと食い縛る奥歯の底から吐息が漏れる。にもかかわらず、男根を受け入れる秘口からはとめどなく蜜が噴きだしていくのだ。

「ここはどうだ？」

律動のさなか、ゴツい指が探り当てたクリトリスを摘まみあげた。

「ああッ」

剝き身にされた花芯への刺激は、予想外の快美をもたらし、歓喜の滴りが勢いを強めていく。

ズジュッ……ズジュジュジュッ！

卑猥な汁音が部屋中に響き渡っていた。意に反して女膣は抜き差しするペニスをじわじわと食い締める。

「おおっ、もっと締まってきた」

藤堂は嬉々として、根元までハメこんだ太棒を掻き回した。あらゆる角度で刺し貫き、ぐちゅぐちゅと派手な音を立てながら、女体を攪拌しまくった。

しかも、執拗な膣上部の逆撫でが急激な尿意をもよおさせた。

「いやっ、ダメッ！」

そう叫ぶなり、鬼の首を獲ったとばかりに、いっそうの力が内臓を追い詰める。

何度も、何度も、鋭く、執拗に――。

膀胱が圧迫され、下腹の粘膜は今にも破裂しそうだ。

「やめてっ、アアッ……オシッコが……イヤあああっ！」

「かまわん、ちびってみせろ。俺にチンポハメられたまま、ちびってみせてみろ！」

「いやっ、許してええッ」

容赦ない男根の打ちこみは、一撃ごとに粘膜を侵食した。

内臓が圧され、膀胱が爆ぜそうになる。

ぎゅっと目を瞑り、漏れ出る喘ぎを抑えつつ、身をよじらせた。

憎悪、羞恥、後悔――押し寄せるすべての感情を殺そうとした瞬間、
ショロ……ジョワ……ショロショロ……！

「ヒッ……アアアッ！」

生々しい恍惚とともに熱いゆばりがほとばしった。

「クウウッ……う……そ」

信じられない。根岸の時と同様、またしても――。

男根のハメこまれた膣路から、ジョロジョロと液体が勢いよくほとばしる。

「よお絵里、イッたうえに失禁まで」

「クッ……ウウ」

「おっ、すごい水圧だ。見てみろ」

みるみるシーツが濡れていく。

射精に至らず、いまだ硬さを保つ藤堂のペニスが勢いよく引き抜かれると、
ジョワワワワ——！

夥しい量の尿が、緩い弧を描きながら噴出した。

「ああ、いやあっ!!」

一瞬何が起こったかさえ把握できずにいた。透明な尿水は瞬く間に、シーツに吸収され、尻と太腿を生温かく濡らした。

アンモニアの匂いが鼻を衝く。藤堂は嬉しそうに飛び散る水源を凝視した。

放尿はまだ止まらない。ジョロジョロと流れ出る衝撃に絵里は両手で顔を覆うばかりだ。

「おもらしする女なんて久しぶりだ」

藤堂は哄笑を放った。あたかも己を誇示するかのように自信に満ち溢れている。

「ひ、ひどい……」

なにもかも夢のためだと割り切っていたはずなのに、いざ失禁までさせられてしまうと、屈辱に体が震えてしまう。

唇をきつく噛みしめた、その時、
バタン——。

ドアが開閉した。涙に曇る視線を流せば、薄明りの中、ドアの前に完璧なシルエットの女性が浮かびあがった。

もしかして、あれは——。

「ゆう……な？」

憤怒と屈辱がこみあげるも、言葉がうまく出てこない。

立ちあがる藤堂と入れ替わるように、ヒールを脱いで優奈が近づいてくる。

「こ、来ないで！」

絵里は背を丸めた。一番見られたくない姿だった。

よりによって、なぜこのタイミングに……？

しかし、優奈の口から放たれたのは思いもよらぬ言葉だった。

「絵里さん、もう大丈夫ですよ、安心して下さい」

優奈は悪びれもせず、ニッコリと微笑んだ。

「な、なんですって……？」

戸惑う絵里の胸のうちなどお構いなしに、たおやかな腕が抱きしめてくる。豊満な乳房を包むシルバーのドレスが、しっとりと肌に吸いついた。

どういうこと――？

憎しみの代わりに、こみあげてきたのは混乱だった。

（もしかして優奈も藤堂の言いなりになっている――？）

様々な疑念が渦を巻く。

悔しさは否めないが、優奈が来てくれたことにわずかながら安堵が生じたのは確かだった。

温かな手に背中をさすられるうち、徐々に嗚咽が漏れ始める。

「絵里さん、泣かないで」

泣きじゃくる絵里の背中を、優奈はやさしく撫で続ける。その手が慈愛に満ちるほどに嗚咽《おえつ》は強まった。

人心地つくと、今さらながら、羞恥と衝撃が身を切り裂くように走った。

合意のもととは言え、レイプ同然に藤堂に抱かれたのは間違いない。

そのうえ失禁までしてしまった。

藤堂が優奈と肉体関係にあるのは間違いないが、それ以上に何かあるのだろうか。

しかし、理由はどうであれ、今はこの身を抱きしめる手の温かさがありがたかった。震えの止まらぬ背中を優しく撫で擦ってくる手に安堵したのは、たとえ一時《いっとき》でも、藤堂の凌辱を忘れさせてくれる同性の温もりがあったからだ。

「絵里さん、こっち向いてください」

そう囁かれ、涙を拭いながら顔をあげた瞬間、

（えっ……？）

絵里の頬を両手ではさみ、優奈は唇を重ねてきた。

「いやっ」無意識に優奈の肩を突き飛ばしていた。

「何を怯えてるんですか？　お店ではあんなに熱いキスをしてくれたじゃないですか」

優奈は再び絵里を抱きしめてきた。

懸命に記憶をたぐるも、まったく身に憶えが無い。いったい何をどこまで信じればいいのだろう。

——いつの間にか藤堂がソファーに腰掛けている。振り向いた優奈が藤堂と目

を合わせて、ふっと笑みを漏らし、うなずいた。

絵里に向き直ると、

「絵里さん、よかったですね。藤堂さんという後ろ盾ができたからには、もうこの業界では安泰ですよ。感謝しなくちゃ」

「感謝……ですって？」

言葉を失う絵里に、優奈は艶然と微笑んだ。まるで「今は何も言わず、操り人形になって」とでも告げるように。

「絵里さん、本当に綺麗な体——藤堂さんの前でこの体を愛させて」

身を屈めた優奈は絵里の胸元を剝ぎとると、頰を寄せ、乳首をチュッと口に含んだ。

「あっ……」

一瞬にして甘い痺れが湧いてくる。男とは違う果実のような香り、柔らかな感触が、越えてはいけないタブーの領域へといざなってくる。

「私がもっと感じさせてあげますね」

優奈が目を細め、再び乳首に唇をかぶせてきた。

（ああ……）

絵里は身動きができない。円柱型の乳頭を掘り起こすような舌の動きが、あまりにもダイレクトに官能の真髄を衝いてくる。

これも藤堂の命令なのだろうか？

彼に玩弄された体は性感が研ぎ澄まされ、わずかの刺激にも敏感に反応する。意に反して艶声が漏れ、恥じらいと動揺に包まれながらもこの身は制御できない。

もはや絵里は、優奈に身を委ねるか弱い小動物だった。

「ンンンッ……」

「感じてくれているんですね。嬉しい……もっと可愛い声を聞かせて」

ベッドに押し倒された。生々しく残る失禁の跡が背中にひやりと触れた。

「形もよくてきれいな胸。もっと吸いたくなっちゃう」

優奈は両側からそっと乳房を包みこむ。

男とは違う手のひらの柔らかさ、大切なものを扱うような優しさに満ちた感触が、同性に触れられている実感を、より濃厚なものにしていく。

「ああ……絵里さん……」

絞りあげた双乳を、濡れた唇が交互に舐め吸った。

ねっとりと絡み付く甘やかな唾液。なめらかでよく動く舌。

計算し尽くされたかのような、感触と圧迫、指づかい。

ほっそりとした手が羽毛のように、脇腹を這い回り、くびれを伝い降りてくる。

細指が、はかなげな秘園を撫で始める。

女蜜と残尿で潤む淫花をそっと押し揉む指に、絵里は太腿をよじり合わせた。

「大丈夫ですよ……力を抜いてください……ああ、こんなに膨らんで……」

「んん……」

優奈は首筋に唇を押し当てながら、充血する花びらに添えた指をそっと行き来させた。いつかカフェで見たストローに添えられたあの美しい指——あの指が花蜜に濡れる様を思うと、体の奥が熱を帯びていく。

クチュ……クチュリ……。

「ほうら、もうびしょびしょ」

優奈はうっとりとその場所を見つめてくる。

「ヘア……薄いんですね。色もピンクでキレイ。ああ、何ていやらしい匂い……おもらしまでしちゃったんですか？　ぷうんと匂ってきますよ」

顔を歪める絵里の体はいっそう火照っていた。恥じらいとともにもたらされる女同士の蜜事。それを見ている藤堂。

そう考える間にも優奈の指先は秘唇をすべり、撫でさすり、クリトリスを転がしてくる。

なんて――なんて優しくていやらしい指なのだろう。

「ァア……」

「ますます溢れてきましたよ……ふふ」

花弁の奥がヒクついた。絵里の意志がどう働こうとも、点火した体は燃え尽きることを望んでいる。

早く入れてとせがむように、艶真珠がトクトクと脈打っていく。

クチュ……クチュッ――。

淫靡に蠢く指先が充血した花びらをめくりあげたと思った瞬間、ヌルリと挿しこまれた。

「クッ……」

「……すごい、一気に入っちゃった」

一瞬、身をこわばらせた絵里だが、体は自然と恥丘をせりあげていた。控えめに動く細指に、煮詰めた飴のような恥蜜がねっとりと絡みついていく。

「もうヌルヌル……」

ザラリと波立つ膣上部がこすりあげられる。

「あぁッ……」

「わかるんですね。指を鉤状に曲げたんです」

真っ直ぐに見おろす優奈は折り曲げた指でズリズリと刺激を強めてくる。

人形のような整った顔が妖しい薄笑みを浮かべる。

「指一本でこんなふうになっちゃうなんて」

感心したように、粘膜を擦りあげてくる。

「ほら、藤堂さんに感じてる姿をもっと見せてあげましょうよ」

左手でぐっと太腿を広げれば、開かれた女陰がちょうど藤堂の真正面に来た。

彼の粘ついた眼差しが女の秘貝に向けられる。

ヌチャッ、ヌチャッ——。

「ハアッ……ァアッ」

「ほうら、もっと濡れてきましたよ」

粘膜をえぐられるごとに鳴り響く粘着音は、絵里をしたたかに打ちのめした。

反響する音にまぎれて快楽とも羞恥とも、渇望ともとれる喘ぎが不協和音のように乱れ飛ぶ。

「一本じゃ足りないのかしら。ふふ」

快楽の際《きわ》まで追い詰めた悦びの表情――優奈は二本に増やした指で、女襞を激しく掻き擦ってくる。

ズチュリ……ズジュジュ……。

「はあっ……」

V字に開いた脚が痙攣した。甘美な摩擦を欲しがる体は、濡れたシーツの海を幾度も跳ね回る。

ズチュッ……クチュッ!!

爪先までぴんと伸ばした脚がぶるぶると震えた。絶頂への階段を駆けあがる快楽の戦慄が、子宮から脊髄を一気に駆け抜けようとしている。

「クウッ……アアアッ……もう、私……!」

と、その声に呆気なく指が引き抜かれた。

「えっ……」

息を荒らげながら、手にするはずの快楽を宙吊りにされた絵里の目は、恨みがましく優奈を見あげた。

「ふふ……だめですよ。まだイカせてあげない」

勝ち誇った美貌を向けると、優奈はさっと起きあがる。肩紐を外し、ベッドの脇でドレスを脱ぎ始めた。肌に吸いつくシルバーの衣をすとんと落とせば、光沢あるパープルのブラジャーとパンティに包まれた完璧な体が、神々しいほどの輝きを放ちながら現れる。

優奈は惜しげもなくランジェリーを取り去り、裸身を晒した。

——予想に違わず見事な肢体だった。たわわな乳房は極上のまろみを保ち、夜目でもわかる粒立ちの少ない乳輪の上には、桜色の乳首がツンと立っている。そして、折れそうなほど華奢な腰から続く女らしく張り出したヒップ——ふっくらとした恥丘をおおう淡い性毛がそよいでいる。

まさにヴィーナス——藤堂も息を呑んでいる。

「絵里さん……」

一糸まとわぬ姿になった優奈が、覆いかぶさってきた。

「……そんな……何するつもり……？」

こわばらせた身を引き放そうとするが、汗で湿った肌がしっとり吸いつき合う。

豊満な乳房を絵里の胸に押し当てると、

「絵里さんのオッパイ……柔らかい……ああ、気持ちいい」

膨らみをこすり、くねらせた。

食い縛る絵里の歯列を割り裂きながら、優奈は舌を差し入れてくる。

蠢く舌は、歯茎や頬粘膜、上顎をも舐め回してきた。

「ン……ンン」

四つの乳房が形を変えてはやわやわと潰し合い、子ウサギのように揺れ跳ねた。

互いの乳頭は硬くしこっていた。

甘美ともいえる摩擦と圧迫――。

か細い喘ぎが二人の唇から漏れ続ける。

「絵里さん……感じてくれてるんですね……嬉しい」

覆いかぶさったまま、優奈の脚は次第に絵里の股間を割っていく。

じりじり……じりじり……。困惑する絵里の太腿を割り広げ、女園をあらわにした。

「もっと気持ちいいこと、しましょうね」

身を起こした優奈は自らの秘部をさらした。

(ああ……恥ずかしい……いや)

同性のその場所を見るのは初めてだった。自分のものさえじっくり見たことがない。

窓外の光に反射したそれは、薄い陰毛に縁どられてしっとりと濡れ、厚みのあるピンクの花弁がいじらしくよじれていた。

長い脚を絡みつかせ、優奈は絵里の秘唇と自分の膣口とを密着させた。

松葉崩しのように、ふたりの秘貝がヒタ……と吸いつき合う。

「あ……ぁあ」

「ふふ……貝合わせって言うんですよ」

ぐりぐりと股間を押しつけられた刹那、熱い女汁が混ざり合う。

優奈は絵里の膝裏を引き寄せつつ、自らの雌口を濡れた粘膜に押し当ててくる。

「あう……ぁ……ン」

あまりにも甘美な感触だった。

クチュッ……ヌチャ……。

視線の先には溶け合う蜜が、恥液の糸を引きつつ淫らに吸い付き合っている。

そして、合わせ目の上で赤々と艶めく真珠のなんと卑猥なこと――。

思わず腰をなすりつけた。

「ンンッ……絵里さん」

先ほどお預けにされた絶頂を欲する執念からだろうか。絵里は戸惑いながら腰を押しつけ、くねりあげた。

「そう、上手ですよ……もっと激しく擦ってください」

「ああ……私……こんなつもりじゃ……」

小刻みに動く腰づかいは止まらない。包皮の剝けきったクリトリスがぶつかり、充血した花弁が吸いつくごとに卑猥な水音が室内を満たしていく。

「絵里さん、いっぱい濡れてる……なんていやらしい音」

すすり泣くような喘ぎが飛び交う中、二人を眺めていた藤堂がゆっくりと立ちあがる。

恍惚に咽《むせ》ぶ絵里にとって、それは些細な変化にすぎない。

次第に這いあがる快楽の戦慄を深めようと、一身に秘口をなすりつけた。

クチュッ……ズチュチュッ……。

溢れる花蜜がシーツに浸みこみ、より濃厚な匂いを立ち昇らせている。

「もっと感じていいんですよ。今日は存分に自分を解放して」

手を伸ばした優奈が、硬く尖りきった絵里のクリトリスを指先で転がすと、

「アアッ……！」

ビクンとのけ反る体内からさらに恥蜜が噴き出した。

「ふふ、またおもらししちゃったんですか……オマメもぷっくりさせて」

呆れたように言いながら、肉芽がぎゅっとひねり潰される。

絵里はひときわ甲高い嬌声をあげ、四肢を痙攣させた。

その時、傍らに不穏な気配がした。

あっと思う間もなく、口唇に衝撃が走った。

「グッ、ゲホッ……ゴホッ!!」

いつから傍らにいたのだろう、藤堂が、絵里の頭を掴み、口内にペニスをねじこんできたのだ。

「グググッ……ハウウッ」

喉奥を突かれた体は激しくえずいた。

「俺だけおいてきぼりか？　さっきはイケなかったからな。二カ所責めだ」

有無を言わさず、ズブリと腰が突き入れられる。

ジュボッ、ジュボボッ――！

「はううッ、くうううッ」

甲高い悲鳴が脳天から突き抜けた。

饐えた雄臭と残尿の味。体液に張りつく陰毛。口唇を犯す勢いで貫く極太棒の威力は容赦ない。胃液が逆流しそうになるも、本能が止《や》めるなと訴えてくる。

——ここで耐えれば藤堂は大きなバックになってくれる。

それだけが、絵里を突き動かし、無条件に舌を絡めさせた。

「なかなかの舌づかいじゃないか」

下世話な笑みとともに藤堂は、さらに腰を振り立てる。

「絵里さん……いっぱい濡れてきましたよ」

優奈も絡みつかせた脚を引き寄せ、貝合わせを深めてくる。

「ゥウウッ……クフン……」

Oの字に開かれた唇の隙間からは、絶え間なく太棒が抜き差しされる。

ズブリ、ズブリと口唇を穿つ藤堂と、蜜口をこすりつける優奈。その卑猥な光景を想像しただけで被虐の血が全身へと流れ巡っていく。

恍惚に染まるこの身に何が起こっているのだろう。

止められない。されるがままに、秘口を押しつけ腰を振り立て、握り締めた剛棒をウグウグと吸い立てる。

ジュポジュポッ……ジュポッ——！

何かが吹っ切れていく。舌を絡めつかせたまま、唾音激しく首を打ち振った。

「おお、そこだ、そのカリの部分を軽く嚙んでくれ」

言われるまま、肉傘のくびれに甘嚙みを浴びせる。

「そう、そこだ」

頭上から降り注ぐ藤堂が低い唸りを漏らす。

弾力に富む雄肉は歯を押し返した。

「ついでにタマもだ」

藤堂は昂揚した声で広げた股を突きだした。甘美な倒錯に溺れながらも、なかば投げやりな気持ちでぶら下がる陰嚢に舌を伸ばし、肉色の皺袋を頰張った。

「おお……」

薄皮膚に包まれる双玉が転がった。

チュパパッ……ネロリ、ネロリ……。

「上手だぞ、絵里……おっおお」

彼はいくども満足げなため息をついた。

クチュッ……クチュチュ……。

皺袋と同時に、いきり立つ肉棒に手を添え、再び剝きしごく。

それと同じくして、優奈の手も上方に尖り立つ絵里の媚真珠をひねりあげてきた。

「ウウ……ッ」

充血した肉芽は完全に剝けきったのか、わずかの刺激でも敏感に反応し、熱風を吹きかけられたかのような灼熱の錯覚を覚えさせた。

「絵里さん、わかります？　クリトリスも乳首もビンビン」

優奈は嬉しそうに呟き、コリコリと花芯を弾き続ける。空気がいっそう薄くなる。思考が混濁し、甘い浮遊感に包まれる。

畳み掛けるように藤堂も、

「絵里、次はマラだ。思いっ切りジュッポンジュッポン咥えてくれ」

手の中にある赤黒い大蛇をひとおもいに呑みこんだ。

ジュブッ……ジュブブッ……。

最後の力を振り絞り、懸命に首を打ち振った。

ジュポッ……ジュポポッ……！

「ンンッ……」

喉奥を突くごとに彼は低く唸り、腰を前後する。懸命に吸い立て、舌を絡め、渾身のバキュームを浴びせまくった。

ズチュ、ズチュズチュ――!!

「そろそろだ」

大きな手が絵里の後頭部を摑んだ。ぶんぶんと揺すりたてられようとも、ひたすら奉仕の吸引と舌づかいで必死にスライドを続ける。

肥え太る男根は、絵里の口そのものを犯すように口唇を貫いてくる。

「ンンッ、ンッ」

腰づかいは暴虐を増した。唇がめくれ、唾液が垂れ落ち、しまいには舌を巻きつかせる余裕もないほどに。

「ああん、絵里さん……すごい」

優奈が摘まんだ指に力をこめながらうっとりと呟く。

苛烈さを極める淫核への刺激も手伝って、嵐のような欲情のうねりが絵里を竜巻のごとく巻きあげていく。

「ン、ン……ンンッ……!」

「イクぞ、絵里の口にぶちまけるぞ。オゥオオウオオオォッ――!」

ドクン、ドクドク――!

喉奥まで到達した剛直が勢いよく精を放った。

「ほおおお」

腰を痙攣させた藤堂が、数回に分けてザーメンを噴出すると、生臭く、ドロリとした男汁が口いっぱいに広がった。


クチュ――。

ペニスを引き抜いた藤堂は満足げに息を吐いた。

室内には酒と汗と体液の入り混じった匂いが充満している。それ以上に淫靡な魔気が、狂宴後の静謐《せいひつ》な空間を飛び交っていた。

思考には薄靄《うすもや》がかかったまま、しかし、絵里はひとつの山を達成した安堵に包まれていた。

「絵里さん……」

貝合わせを解いた優奈は、まだ精液を飲みこめずにいる絵里の傍らに寄ってくる。

「絵里さん、きっと藤堂さんもご満足ですよ。さあ、お口の中のザーメンを私にも飲ませて」

頬に張りついた髪を梳きながら、すべらかな手が顎を摑んだ。押しつけられた唇がわずかに開き、細い舌が差しこまれた。

トロ……クチュリ……。

「ああ……あ」

すくい取るように蠢く舌が口腔を這い回ってくる。粘つく男汁が啜られた。

「ああ……美味しい」

優奈はうっとりした表情で嚥下した。生臭い息を吐きながら、

「さあ、もう一度飲ませて」

再び唇が重ねられる。柔らか舌が絡み合い、口内を掻き回す。二人の間を行き来する残滓を絵里もコクン、コクンと呑み干した。

第五章　二つの女園くらべ

1

「いらっしゃいませ」

「真子ママ、十周年おめでとう。おっ、今日はコスプレかあ」

「松倉《まつくら》会長、お忙しい中いらして下さりありがとうございます」

「佐久間《さくま》先生、どうぞお席にご案内します」

マノンでは十周年を迎える大々的なパーティが催されていた。

メインである今夜はコスプレパーティ。各々が趣向を凝らしたコスチュームをまとっている。

バニーガールにナース、ミニスカポリス、レースクイーンに女子高生、メイドに女医、バドガールや水着、チャイナドレス――店にはいっそうの華やぎが添えられた。

ピアノが奏でる店内には豪華な祝花が飾られ、客たちの笑い声に混じり、祝い酒を抜く音、乾杯の声が賑やかに響いてくる。

今宵は派遣ホステス八名もプラスされて、キャストは総勢三十五名となった。

派遣ホステスとは、水商売を本業にはしたくない、しかしちょっとした小遣い稼ぎをしたいOLや学生が登録していると聞いた。クラブ側も比較的安価で雇えるため、パーティやイベントで人手が足りなくなると、助っ人として来てもらうのだ。普段から多くのクラブを掛け持ちし、「ヘルプのプロ」である彼女らは、場数をこなしているだけあって客あしらいもうまく、各クラブから重宝されているようだ。

「絵里ちゃん、支度はできたかしら？　藤堂さんがお待ちよ」

真子ママの声に、更衣室で着替えていた絵里は、一瞬身をこわばらせた。

赤と黒、金色の飾りが妖艶な花魁《おいらん》姿の真子は、CA姿を見るなり、

「あら、素敵。やっぱり本物のCAだっただけあってよく似合うこと」

緋色を差した目元を細めた。

見透かすような眼差し。藤堂に抱かれたことは、まさかバレていないだろうか。つい、疑心暗鬼になってしまう。

「じゃあ、急いでね」

そう言うなり、真子は客席へと急ぐ。

絵里は大きくため息をついた。

——あの夜以来、藤堂と優奈には連絡できずにいた。

どう切り出していいのかわからず、悩むうちに今日が来てしまったのだ。

レイプ同然、半ばだまし討ちに遭ったにもかかわらず、藤堂への一縷《いちる》の望みが消えることはない。NNCテレビの敏腕プロデューサーである彼の「後ろ盾になってやる」という言葉は偉大で、今、最も大きな飛躍に向けて頼れる人物だ。

事実、ネットで彼の名を検索したら、実に三十万件もヒットした。時代を先読みした数々の功績、火付け役、国内はおろか海外メディアとも太いパイプを持っている。

——初めは女子アナになったあの女を見て、CAだけにとどまっていてはいけないと思った。モデルの世界に飛び込めただけでも幸せなのに、一歩踏み入れたら否応なく野心が湧き、いつの間にか競争に巻き込まれていく。

自分はのしあがっていきたい——ただ純粋に昇りつめていきたいと、その確固たる思いが、藤堂に抱かれたことへの大義名分となった。

でも、藤堂の醜悪なイチモツを受け入れ、失禁した事実——。優奈に触れられるままにヨガり、最後に放たれたザーメンを口移ししたあの行為を思い返すと、自分の浅はかさに今さらながら後悔してしまう。

複雑な気持ちのまま、鏡を見つめた。

(今は、心を切り替えなくては)

制帽を目深にかぶり、客席へと向かった。


「藤堂さん、いらっしゃいませ」

すでにVIP席で呑んでいる藤堂に、絵里は笑顔で会釈をする。

「おお、本物のCAが来たな。さ、隣においで」

彼の隣には黒いボンデージ衣装を着た優奈が、3Pのことなどなかったかのように、涼やかに座っている。

豊満な胸を包むエナメルの衣装は、いつも以上に谷間をくっきり刻み、ハイレグから伸びる網タイツの膝を、藤堂の腿に密着させている。

絵里と視線が合えば微笑み、向かい席にいるナース姿のホステスに「ほら、絵里さんのお酒も作って」と指示を出した。

絵里が着席すると、

「やっぱりよく似合うな」

藤堂が鼻の下を伸ばす。

「絵里さーん、あとで機内アナウンスしてくださいよ」

優奈もとってつけたような甘い声をあげた。

何事もなかったかのように振る舞う彼女に違和感を覚える。

テーブルにはすでに二本目のシャンパンが空けられ、豪華なフルーツ盛り、数種類のチーズ、出前の寿司などが所狭しと並べられていた。

「すごい、豪華なテーブルですね」

「優奈にせがまれてしまってな、まあ、乾杯といくか」

絵里がシャンパングラスを手にすると、

「私たちシャンパンにイチゴを入れてるんですが、絵里さんもいかがです?」

優奈が大粒のイチゴを勧めてくる。

シャンパンにイチゴとはなんてゴージャスなんだろう。

そう思いながら、横にある小皿に入れた練乳を目にした時、口中にねっとりした唾液が滲み出てきた。それは見る間に口内に溜まり、嚥下した喉粘膜に絡み付いた。

藤堂の精液が思い出され、口の中に苦いものがこみあげてくる。

「い、いいえ……まずはこのままで」

そう言いかけた時、

「いらっしゃいませ」

真子ママが席に着いた。

「いつもいいタイミングで来るなあ。それにしても、花魁姿の真子ママはいつにも増して艶やかだ」

「この衣装調達は大変だったのよ。贔屓《ひいき》の呉服屋に頼みこんで、京都の西陣から取り寄せてもらって」

「ママ、あとで花魁道中のマネして下さいよ。『吉原焼失』の主演女優、本当に綺麗でしたよね。そうそう、レズビアンシーンもよかったわ」

レズビアンシーン……あっけらかんと言う優奈に、絵里はますます憂鬱になる。

「それじゃ、改めて乾杯と行こうか。マノン十周年を祝って、乾杯」

「カンパーイ！」

四人のグラスがカチンと響いた。

「今日は絵里ちゃんが手伝ってくれて本当にありがたいわ」

真子は簪に手を当てながら優美に微笑んだ。

「元ＣＡが本物の制服でコスプレなんて、レア感あるな」

「そう言えば、もうすぐＣＭも始まるのよね」

「はい、あと半月で全国放映されます」

「楽しみ、私、録画しちゃおう」

わざとらしく優奈がはしゃいだ。

「全国ネットでＣＭが流れるのは大したもんだ。一流モデルの中から選ばれたんだからな。だけど、それで満足したらだめだ。これは、あくまでステップで絵里ちゃんはもっと上を目指すんだぞ、なあ、ママ」

「そうよ。そこで満足しちゃ進歩はないわ」

「ママの言葉は説得力があるよ。何せ、男を喰いもんにしてのしあがってきた人だからな」

「喰い物になんかしていません。色んなことを吸収させて頂いてきたのですわ」

「うまいこと言うな」

皆が笑う中、優奈だけが物憂げに表情を曇らせたのを、絵里は見逃さなかった。

(なぜ絵里さんばかりが、注目されるの……?)

笑顔で接客するも、優奈の胸底には黒々とした思いが蔓延《はびこ》っていた。さり気なく網タイツの膝を藤堂の体に密着させても、彼の手は絵里の尻に回されていた。

と、そこへ、

「お話し中、失礼いたします。真子ママ、吉岡様がお見えになりました」

黒服が丁重に頭をさげる。

「あら、もういらしたの? せっかく盛りあがっているところなのに」

会話に水を差され、真子が口を尖らせている。

「いいじゃないか、行ってこい。俺は絵里ちゃんと優奈と三人で楽しんでるよ」

すでにナースの子は別席に抜かれていた。

「藤堂さん、申し訳ないけど……」

「なんだ、酒の追加か?」

「いえ、ちょっと混みだしてきたから、絵里ちゃんをお借りしていいかしら。他のお客様にもご紹介したいのよ」

真子は恐縮したように、顔の前で拝む仕草をする。

「もちろん、かまわんよ」

絵里が離席した。藤堂と二人きりだ。

ホッとする反面、藤堂の残念そうな表情がさらに優奈を傷つける。

――夜が更けるにつれ、店内はさらに賑わいを見せ、酔客も増えてきた。

大型量販店のバラエティコーナーで購入したとみられる、アフロヘアのカツラや、鼻メガネ、迷彩服姿で来店する客もいる。

真子ママは、ホステスのつけ回しや自身の客への挨拶に奔走している。他店のママ連中や、出勤前のホストが客を連れて祝いのシャンパンを抜く際には、立ち会わなくてはならず、優雅ながらも行ったり来たりと大忙しだ。

ピアノは軽快な「イパネマの娘」を奏でていた。

熟年の男性ピアニストにリクエストした客たちが、グランドピアノの上に置かれたブランデーグラスに千円、一万円とチップを入れていく。

シャンパンタワーも始まった。ピラミッド状に並べられたクープ型グラスに、計二十本のドンペリが注がれ、頂点のグラスに真子が笑顔でシャンパンを注ぎ、皆に振る舞われた。

絵里はというと、常連である弁護士五名の席につけられている。

真子ママもなるべく美人ホステスを紹介してもてなしたいのだろう。絵里と隣り合うリーダー格の弁護士が、ハゲ頭に汗を浮かべて絵里を絶賛しているのがわかる。

（やはり絵里さんのほうがいいのかしら……生まれも育ちもいいお嬢様……私じゃダメなのかしら）

優奈は藤堂と二人になってから、急に口数を減らした。

「どうした？　急におとなしくなったな」

先ほどまではしゃいでいた姿とは一転した優奈に、藤堂は白けた顔を向ける。

「……私、モデルとして成功できますか？」

「なんだ、突然」

「他の子はどうでもいい。だけど、絵里さんには負けたくない」

優奈の声は次第に涙声になっていく。

「絵里さんのような何不自由ないお嬢様って私、許せないんです」

「酒がまずくなる話題はやめろ。贅沢だぞ、イメージガールでは勝ったんだろう？　充分じゃないか」

「でもＣＭでは負けました」

「そんなの知ったことか。なぜそういつもあの子ばかり目の敵にするのかわからない。もっといけすかない女がいるだろう」

　藤堂はなだめるように言う。

「わからない。自分でもわからないけど、でも私、あの人にだけは勝ちたいんです」

　感情のコントロールができていないのは、優奈自身、十分わかっていた。何に苛立っているんだろう。二人きりになった途端、積もり積もった焦燥が胸底から黒煙のように立ち昇ってきた。

　横で藤堂がうんざりしている。話題を変えなくては。

「ねえ、藤堂さん、何か、噂を聞いてない？」

「うん？　何のだ」

「実はレヴィ・プロモーションが近々移転するって言う噂があるの」

「移転か。どこにだ？」

「それがよくわからないの。でも、玲子社長はプライドが高いから、今の代官山よりハイレベルな場所をねらってるはずよ。実際のところ、レヴィって儲かっているのかしら？　だって、移転を機に大量のモデルが切られるって噂も出ているのよ。私、やっていけるか不安だわ」

深刻な雰囲気が伝わったのだろうか、隣の客が興味深そうにこちらを見た。

いけない、今日はパーティなのに——。もっと笑わなくちゃ——。

作り笑顔を浮かべようとしたが、いつも通りにはいかない。

と、そこに藤堂は意外な申し出をしてくれた。

「優奈、念のための確認だ。お前、売れるためならどんなジジイでも変態でも相手できるか？　その気があれば紹介してやる。スターなんて簡単に作れるんだ」

「本当？」

「本当だ。本気なら政界、財界の大物と引き合わせてやってもいいぞ。大女優の一人も民正党の幹事長の愛人としてのしあがったんだぞ。最近返り咲きしたタレントもでっかいヤクザの組織がバックについてる。全部、俺の斡旋だ」

「えっ、藤堂さんの？」

「ああ。紹介者の俺にこれが入るという仕組みだ」

と、親指と人差し指で輪っかを作る。

「すべてはお金ってことね。藤堂さんの紹介なら心強い。どうかお願い」

「じゃ、今夜、俺とどうだ？」

「え……ええ、喜んで」

2

ギシギシ……ギシギシッ……！

「あああッ……奥まで入ってる」

優奈はたわわな乳房を弾ませながら、藤堂にまたがり尻を揺すり立てた。

ざわめく膣襞が熱い男根にまとわりつき、きゅうきゅうと締めあげていく。

いつもより情熱的になれるのは、大物とのパイプ役を買ってくれる確約を得たからか。

「もっと腰振れ、ほら、ふん、ふうっ！」

突きあげとともに低く唸る藤堂は、好色な笑みを見せながら揺れる豊乳を
ギュッとわし摑んできた。

「アンンッ……」

乳房がじりりじりと砲弾状に絞られていく。

「巨乳は下から拝むのが一番だな」

膨らみの裾野を指腹で撫でては、尖った乳首を人差し指で転がしてくる。くびり出た乳首をひねり潰されるが、その痛みさえも、湧きあがる野心の片鱗として、優奈の体を愉悦へと導いていた。

――東京ミッドタウン内の高層ホテルの一室。

閉店後、藤堂をホテルに誘った優奈は部屋に着くなり、衣服を脱ぎ捨て、藤堂のスーツも引きはがした。股間にむしゃぶりついたあとは、積極的に藤堂をベッドに誘う。

「ねえ……さっきの話、お願いね。……どんなジジイでも変態プレイ好きでもいいから、大物政治家や経団連のトップを私に紹介して……ァアアアンッ」

我ながら嫌になるほど露骨な売りこみだったが、臆することなく腰をくねらせた。

藤堂からもちかけてきたことだ。絵に描いた餅に終わらせないよう、実行させなければならない。ここは、自分の魅力を存分にアピールし、大いに売りこまねば。

「これだけ魅力的なカラダなら、かなり高値がつきそうだ」

「……でも、藤堂さんは絵里も売ろうとしてるでしょう?」

咎《とが》めるように腰をグラインドさせると、

「あいかわらず出るのは絵里の名前だな。また3Pでもしてるようだ」

「あの人だけはだめよ、アンッ……ハウウッ」

「店では仲良さそうだったじゃないか」

「わかってないわね、女は笑顔でケンカする生き物なの」

優奈が腰を振ると、藤堂もお返しとばかりに肉の拳を突きあげてくる。

「ハウッ……。新しいパパができたら、このペニスともしばらくお別れなのかしら……ふふ」

恥襞が収縮した。押し広げられた女の路に甘美な摩擦が浴びせられる。突き回されるごとに湧きあがる絵里へ闘争心、嫉妬心が欲情に火を点け、腰づかいも激しさを増していく。

どす黒いもくろみが今の優奈を支えていた。

ズチュッ……パパパンッ……！

「はあうっ」

空気に溶け混じる愛蜜が、淫靡な芳香を立ち昇らせる。

ズチュ……ジュククッ……卑猥な粘着音が室内に反響した。

「優奈、この姿勢で後ろを向いてみろ」

「えっ……」

「できるだろう？　背面騎乗位だ。これくらいできないと、おエライ連中は満足しないぞ。歌手からタレント、AV女優もいるんだからな」

二十歳の優奈にとって初めてとる体位だった。

一瞬、困惑がよぎるものの、再び闘争心が湧いてくる。ハメこんだ肉棒を支点に、ゆっくりと体を右方向に回転させる。藤堂の腹の上で尻をくねらす姿がネオンを受けたガラスに反射した。

動くたびに食いこむ屹立が、普段は決して触れない膣粘膜をズリズリと擦りあげてくる。

「あう……」

唇から漏れ出る喘ぎを抑えずにはいられない。汗でヌラつく脚を屈曲させ、じりじりと腰をずらしていく。藤堂の太腿やベッドに手をつき、尻を浮かせながら回していくと、体は完全に真後ろを向いた。

亀頭はヘソに届いたと思えるほどに深々とめりこんでいる。

「ああ……」

「上出来だ、ムチムチのケツがエロいぞ。もっと股を広げてみろ」

「んんっ」

前のめりに手を突き、じりじりと腿を開いていく。

結合部と後ろの窄まりに熱い視線を感じた。

「アソコにぐっさり刺さっているのが丸見えだ」

「どんなふうに見えるの？　聞きたいわ」

「紅い肉ビラをめくらせてずっぽりチンポを食らってるよ。白い本気汁もだらだらだ。アヌスも綺麗な皺を刻んでいやらしい。これならどこに紹介しても恥ずかしくないな」

絵里への闘争心は薄らいだものの、まだ見ぬライバルがごまんといることを知った。野心に満ちた女など米櫃《こめびつ》の羽虫のようにわいてくる。今は藤堂を手なずけるために最高のセックスを与えなくては。

「そのまま腰振ってみろ」

よく効くベッドスプリングを利用して、言われるままに慎重に腰を振りあげた。

ヌンチャッ、ズンチュッ……ヌンチャッ――。

藤堂に見せつけるように、高々とあげた尻をズブリと落とす。再び持ちあげた尻を弾みをつけて沈ませる。

「オオウ、オオッ」

淫靡な粘着音は速度を増すにつれ明瞭になった。藤堂に眼福を与えながら両手と両膝に体重をかけ、尻を突きだしては前後に揺すり立てる。

ああ、熱い塊が子宮から降りてきた。何かが吹っ切れたように、体中を巡る官能の細胞がさざめいていく。

「おお、泡ふいてるぞ」

「んんっ……誰のせいかしら……ああんっ」

男の杭打ちを待ち侘びる膣路は、さらに弾みをつけて男根を呑みこんだ。上下左右に蠢かすにつれ、優奈の脳裏にはその光景がはっきりと浮かんでくる。

「おおっ、締まってくる、締まってくる」

藤堂の手が汗ばむ尻肉をわし摑み、突きあげを再開した。

「丸見えだ。可愛いアヌスがヒクついてる」

「アン……いや」

羞恥に身を染めながらも、優奈は背面騎乗位の体勢で汗ばむ体をくねらせた。

「もっと見て」と言わんばかりの大開脚で、結合の全貌をみせつける。カリの段

て沈めていく。差を噛みしめるように、ゆっくりと落としこんだ尻を引きあげては、弾みをつけ

ズズッ……グジュ……ジュッ――！

「あん……すごい」

鳥肌が立つとはまさにこのことだった。尾骶骨から這いあがる快感の戦慄が、背筋を通り、産毛の一本までをも余すことなく逆立てていく。

「ハア……ハアア……」

ペニスにうねる静脈までも味わうように、そして先端が突く子宮口の鈍い痛みさえも甘受しながら新たな快美感に目覚めてしまう。

「今日はえらく締まるな」

藤堂は感心したように呟いた。

「ああっ、すごくいい……」

男根の猛威が脊髄から脳天へと突き抜ける。

かつてない体位を取らされたことで、急角度に突き刺さる肉棒が未開の粘膜を嬲ってくる。

絵里への対抗意識から暴走した肉体が、思いがけなく淫らに開花していく。

尻を振るごとに藤堂も下半身を突きあげる。パズルのピースのようにピタリとハマった雌雄の肉が、女の情欲を燃え盛らせる。

根元まで男根を呑みこんだまま、優奈は底知れぬ女の獣性を伝えるように、ぐるりと腰をグラインドさせる。

汗ばむ手が藤堂の陰囊を握った。硬く引き締まった男の双玉を揉みほぐしつつ、腰はいっそう淫らに揺り動かしていく。

くねる腰は規則的な律動に変わり、やがて高速乱打になった。

ネチャッ……ズチュッ……！

淫靡な水音とふしだらな肉づれ音が溶け混じり、子宮から伝わる快美な痺れが背筋を走り抜けた。

「ああ、もうイキそう……！」

「いいぞ、好きなようにイッてみろ」

パンッ、パパパンッ——！

上下前後に腰を振り、肉芽をなすりつける。

優奈の中で何かが爆ぜ、法悦の予感を告げてくる。

「アアッ……イク、イッちゃう……」

ズン、ズズズンッ、パパパンンッ——！

脳天に響く衝撃に、官能の火が燃え狂う。

まさに今、襲い掛かる恍惚の波に身構えた。

「ヒクッ……ハァアアアアッ……ハァアアアァァア!!」

ぎゅうっとつむった瞼の奥で、白光の火花が盛大に爆ぜた。揺れ弾む巨乳を震わせながら、藤堂の放精を待つことなく絶頂に達した。

「あああ……」

優奈はごろりとベッドに伏した。

粒汗が全身を覆い、結合を解いた場所から女の蜜が流れていく。

呼吸を整えながら、寝返りを打ったその時、来客を告げるチャイムが鳴った。

誰——？

頭の隅で訝しがりながらも、体は法悦の余韻に浸り切っている。

藤堂がバスローブを羽織り、ドアを開けた瞬間、

「やあ、待ってたよ」

えっ——？

シーツに包まっていた優奈はハッと顔をあげた。

部屋に入ったとたん、優奈の不快に見開かれた二重の目が絵里を捉えた。

「な、なぜ絵里さんが来るの？」

胸元をシーツで隠しつつ、その目には敵意がありありと滲み出ている。

「俺が呼んだんだ」

藤堂は悪びれもせず、言い放つ。

「いったいどういうこと？」

「説明なんていらないだろう。今夜も、三人で過ごしたい、それだけだ」

「そんな……私を応援してくれるって……大物を紹介してくれるって……そう言ったじゃないですか」

請うように言いながらも、絵里に向けた目は憎悪に満ちていた。

「絵里さん、帰ってください。あなたは一日限りのホステスだったんですから、もうこれ以上、私のお客さまとはかかわらないで」

優奈の瞳に青白い嫉妬の炎が燃えていた。

「私は帰らないわ」

「何ですって」

「一日限りというなら、このアフターまでいる権利はあるはずよ。私は藤堂さんに呼ばれて、朝まで三人で過ごしていいと思ったからここに来たの」

絵里は真っ直ぐに優奈を見据えた。

3

ピチャッ……レロレロ……ジュボボ……

「おお、最高だ」

巨体を波打たせた藤堂が、腹の底から唸った。

ベッドに仰向けになり、絵里と優奈に左右から乳首を舐めさせているのだ。

カーテンを開け放った窓には、裸身を横たえ、献身的に愛撫を深める二人の姿が鏡のように映しだされていた。

「そこ、軽く噛んでくれ」

言われるまま、絵里が小豆のような先端に歯を立てると、低いため息が漏れてくる。

「ハァ……ハァア」

優奈が昂った様子で、藤堂の腋下へと舌を伸ばす。

シャリ、シャリ……シャリ……。

先ほどの敵意などおくびにも出さず、長い睫毛を伏せ、頬を紅潮させながら、黒々とした腋毛をうっとりと舐める様はひどく健気に映った。

ネロッ……ピチャッ、ピチャッ……。

二人が愛撫を深めていくと、藤堂の手も乳房を揉みしだく。

「んんっ……」

優奈も同じことをされているのだろう。しなやかな体がぷるぷると震え始めた。

「いい触り心地だ。優奈はデカいうえに弾力があるし、絵里はすぐに乳首をコリコリにさせる」

肌熱を高めた手が乳頭を摘まみあげ、押し潰す。

「あん……ハァン……」

愛撫はいっそう熱がこもった。強まる玩弄に呼応するように、藤堂の肌を這う舌のうねりも、唾液の量も、漏れ出る喘ぎも、否応なく激しさを増していく。

ピチャッ……ピチャッ……シャリ……シャリッ……。

「よし、次はダブルフェラだ」

ひとしきり舐めさせると、彼は隆々と勃起する怒張を自慢げに差し出した。

絵里と優奈は体勢を変え、股間にぐっと頰を寄せる。

「早く舐めろ。二人とも遠慮なく俺のチンポを取り合うんだ」

勢いよく咥えこんだのは優奈だった。

赤銅色に猛る男根の先端をぱっくり頰張り、唾音を鳴らしながら首を打ち振っていく。

一歩出遅れた絵里も、舌を密着させた。

陰嚢に軽く手を添え、裏スジに沿って舌を躍らせる。

「おお……いいぞ」

ジュプッ……ニュププ、ジュポポッ……！

互いを牽制しながら、二人の女が一本の男根を貪り合う。舐めしゃぶるたび、頰が当たり、歯がぶつかる。噴き出す汗は、ぐっしょりとシーツを濡らしていた。

チュパッ——。

隙をついた絵里がペニスを咥えこんだ。舌と上顎で圧し包みながら、カリのくびれを唇でこそげた。

藤堂がくぐもった声を漏らす。負けじと優奈が伸ばした舌を絡めてくる。

ジュプッ……ジュププ……。

唾液がいっそう甘く混じり、吐息は淫靡に湿った。

「ハァ……ン……ハァ……」

――絵里の脳裏に、あの夜のことが蘇ってきた。

藤堂に受けた凌辱。裸で覆いかぶさってきた優奈との恥戯。吸いつき合う女貝。敏感に尖ったクリトリスをひねり潰され、しまいには藤堂のザーメンを口移しで飲ませ合った……。

「あん……藤堂さん……ハァ……ン」

再び、恍惚に喘ぐ優奈が亀頭に唇をかぶせた。

チュパッ……チュパパッ……。

「おおっ、おおおっ」

チュポンと唇で弾けば、すかさず絵里も口に含んだ。つるりとした亀頭部を舐め回し、噴き出すカウパーを啜りあげる。

二人は交互に咥えては、双頬をへこませながら強烈なバキュームを与えた。

「くおおっ……たまらん……ハア」

藤堂は突き出た腹を揺さぶりながら、夥しい量の汁を吐きだした。代わる代わる唇をかぶせ、くびれを舐め弾いては、溢れるカウパーを呑み下す。

チュッ……チュチュッ……！

「ハァ――じゃ、本格的にやってもらおうか。絵里はそのままチンポとタマだ、優奈はアヌスを舐めてくれ」

肛門を舐めるよう指示された優奈は、一瞬、不満げに顔を歪めた。

「三点責めだ。しっかりやってくれな」

躊躇する優奈を横目に、絵里はひとおもいに亀頭を呑みこむ。
ズ、ズズッ……ズチュチュッ――。
「ンンッ……」

根元まで頬張り、一気に吸いあげていくと、優奈も彼の股間に顔をもぐりこませた。細い顎を傾けながら、懸命に後ろの窄まりに舌を這わせている。

ピチャ……ピチャ……レロレロ……レロン……。

「うう、いいぞ」

低い呻きが、湿った空気をさらに淫らに塗り替える。

ペニスの裏側をネチネチと舐めては亀頭を咥えこみ、軽く左右に揺さぶった。

ざらついた表側と、滑らかな舌裏を駆使し、丹念なフェラチオを浴びせていく。

優奈は依然、不自由な体勢で顔を傾けながら、毛深い尻の谷間から肛門を舐めまくる。

ジュジュッ……チュパッ……クチュリ……。

荒い息遣いと唾液の音、時おり漏れる喘ぎだけがこの部屋を満たしている。

三人とも汗みずくだった。

口唇愛撫を浴びせる絵里の体は徐々に疲労し、ひと舐め、ひと咥えごとに四肢が軋んだ。息が苦しい、頭がくらくらする……そう思った時、

「優奈、もう十分だ。絵里のアソコを舐めてやれ」

「なんですって……絵里さんの？」

優奈はあからさまに声を震わせた。

「つべこべ言わずやってみろ。絵里はそのまま咥えてろ」

命ぜられた優奈の愕然とする表情が、顔を見ずとも手に取るようにわかった。

絵里も、優奈に女の秘園を愛撫されるなど本意ではない。

しかし――

「……わかりました」

優奈が絵里の背後に回った。

重苦しくも淫猥な沈黙が訪れる。

(優奈が私のアソコを見てる……)

媚肉に熱い息がかかった。

恥ずかしい……いくら命令とはいえ……優奈にアソコを舐められるなんて……。

生ぬるい舌先が亀裂をねぶりあげたのは、その直後だった。

ぞわりとした痺れが、下腹に甘く広がっていく。

「ァアア……」

背筋に鳥肌が立った。初めて味わう女の舌づかい——秘裂をなぞる繊細な刺激は、予想外に快美をもたらせてきた。柔らかな感触は、合わせ目をチロチロと揺れ躍り、花弁をほころばせてくる。甘美な蠢きに引きずられてしまう。

ネチャッ……ネチョッ……。

「くうっ……」

尻がキュッと力んだ。

「どうだ、絵里の味は？」

「ふふ、なんだかんだ言って、絵里さんて好きモノなんじゃないですか？　単なるオマタが緩いＣＡ」

「な、なんですって……」

「だって……ほら、私がペロペロすると……こんなに濡らして」

「ひっ……」

ズブリ、ズブリと粘膜を穿つ舌先に、絵里は身を痙攣させた。

「こっちだって、ヒクヒクさせちゃって、いやらしい」

優奈の舌は肛門周囲をぐるりとなぞる。

「クッ……」

「絵里、口が留守になってるぞ。ちゃんとしゃぶれ」

藤堂が腰を突きあげる。

「ハアッ……クウウッ」

絵里は再び藤堂のものを咥えこんだ。

クチュッ……ピチャッ……。

行き場のない困惑と羞恥、そして快楽が、強烈なバキュームへと連鎖した。

「おお、優奈が激しく舐めると絵里も激しくなるぞ」

優奈はそれを心得たように、硬く尖らせた舌で、襞をめくりあげ、粘膜を掻きこすってくる。

ジュポ、ジュポ……ジュポポポッ……！

快感の伝播が続く。咥えたペニスを猛然と吸い立てた。

窓に目をやると、ガラスには藤堂の男根を頬張る絵里、絵里の女肉に顔をうずめる優奈の姿が、淫蕩な絵画のように映しだされている。

「絵里、おいで」

藤堂が毛むくじゃらの手で、絵里の頭を撫でた。

情欲に血走る瞳は、言葉を発せずとも何を言わんとしているか、十分すぎるほど伝わってくる。

「はい……藤堂さん」

絵里はうっとりと目を細め、藤堂の巨体にまたがった。

嫉妬に駆られる優奈の視線が背中に突き刺さる。

「優奈に舐められて、十分濡れただろう?」

濡れた陰毛から透け見える女園に、下世話な笑みが寄こされた。

「ええ、とっても」

笑みを向け、立ち膝になった。右手で剛棒を握り、左手は充血した花びらをめくりあげる。

息を吐き、ゆっくりと腰を沈めていく。

ズブッ……ズブズブッ……ジュブブッ……!

「ハァ……アァァアアッ……!」

「おぅおおおぅ」

怒張が女路を真っ直ぐに貫いた。同性の舌によって存分にほぐされたその場所は、反り返るペニスが子宮口まで達している。

「んん……ハアッ」

「そうら」

ズブッ、ズブッ、ズブズブッ……!

藤堂は弾みをつけて腰を打ちあげてきた。膣底が叩かれるたび、強烈な電流が背筋を走り抜けた。灼熱の棒が膣ヒダを攪拌し、身を裂かんばかりにめりこんでくる。粘膜が割られるごとに、媚襞は鋭い吸着で雄刀を圧し包んでいく。

「くうっ……」

愉悦とともに訪れる野望が、絵里の体を焼き焦がす。

(絶対勝ち残ってやるわ。藤堂という大物を捕まえた今、私は前しか見ない)

秘肉はさらにペニスを締めあげた。

ズンッ、ズンッ、パパパンッ――！

藤堂も恥肉をえぐり立てる。

「おい、優奈、俺の顔にまたがるんだ」

「……えっ、は、はい……」

優奈は殊勝に答えた。

長い脚を広げ、絵里に背を向けてまたがろうとすると、

「逆だ。二人向かい合うようにまたがるんだ」

「えっ……」

どこまでもえげつない藤堂だ。彼はライバル意識むきだしの女二人を対面させようという魂胆だ。

しかし命令通り、優奈は絵里のほうに向きなおった。

南国果実のようなたわわな乳房を揺らしながら、真っ直ぐにこちらを見据える瞳には「私も負けない」と書いてある。

二人の視線が絡み合う。

「そのままゆっくり尻を落とせ」

粒汗の光る顔面に、優奈は立ち膝のまま、じりじりと尻を落としていく。

互いが視線を逸らさない。

「藤堂さん、私のアソコ、絵里さんと違いますか？」

不意に、優奈が藤堂に問いかける。

「ん？　そうだな、締まりは互角。エロいのは優奈のほうかもな。肉厚のビラビラは絶品だ」

両手で花びらを広げながら、藤堂は舌先でひと舐めする。

「くっ……やっぱりＣＡとは違うんですか？　同じ孔を持った女ですよ」

ピチャッ……ネチャッ……。

「ややこしいことは言うな。たっぷり舐めてやろう」

ピチャッ……チュチュッ……ジュッ……。

「あぁっ……」

藤堂が愛蜜を啜ると、優奈はたちまち肌をピンクに染め、ガクガクと身を痙攣させた。閉じていた膝は徐々に開き、やがて降参したように真っ赤な肉芽を晒した。

直後、絵里の膣にハメこまれた男根が、むくむくと膨張する。

「絵里もしっかり腰を振るんだ」

「は、はい……」

彼の腹に手を添え、亀頭ぎりぎりまで持ちあげた尻を沈めると、ひと回り太くなった男根が、媚肉をズブリと割り裂いた。

「ンンッ……ハウウッ」

ネチャリ、グチュリとはしたない音が響いた。

抜き差しのたび、恍惚の大波へと押しあげられる。産毛の一本、襞の一枚までそそけ立たせ、快楽の悪寒が脊髄を突き抜ける。目前では、藤堂の舌技に身を焦がす優奈が、全身をバラ色に染めてヨガリ啼いている。

「なによ……大学のミスコンあがりだからって……CAだからって……」

クンニリングスを受けながら、優奈は悔しげに囁いた。

しかし、その声も次第にかき消されていく。

汗ばむ艶肌は妖美に輝き、豊乳が揺れている。

視線を落とせば、唾液に張り付く陰毛と、洋紅色の割れ目が淫らに艶めいている。藤堂は舌をくねらせ、肉ビラを吸っては、恥液を啜りあげる。顔面を愛汁に濡らしながら、執拗な愛撫を続けた。

ジュッ……ズチュッ……ズチュチュ……。

「ハアッ……藤堂さん……お、おかしくなる……ウウッ……ハアアアッ」

その声に、彼がゆっくりと起きあがる。

「よし、二人とも尻をこちらに向けて、ベッドに四つん這いになれ」

床に降りた藤堂の表情は、いっそう好色に彩られていた。


「ハァ、アアアンッ……!!」

「二人とも、もっと尻を突きだすんだ」

数分後、絵里と優奈はバックから交互に貫かれていた。

「くう、美女二人と『ウグイスの谷渡り』なんて男冥利につきるよ。なあ、目の前を見てみろ」

絵里が視線をあげた刹那、
ヌプリ——

「ヒッ……」

鋭い肉塊が深々と穿たれる。ガラス窓には、煌めく夜景を背景に、顔を歪ませる絵里の姿があった。

「おっ、キュウキュウきつまってくるぞ。スケベなマ×コだな」

ジュポポ……ヌチュチュ、パパパンッ——!

「アッ、アアッ、くううっ」

尻肉を引き寄せ、打ちこみが速度を増していく。

絵里は身を反らせ、四肢を踏ん張り、浴びせられる連打を満身で受け止めていた。激しい摩擦と圧迫が膣路から子宮へとせりあがってくる。

ズジュッ……ズジュジュッ……！

「藤堂さん、早く、私にも下さぃッ」

優奈が差し迫ったように叫んだ。

藤堂は肩で息をしながら、絵里の膣からペニスを引き抜くと、

「そら、たっぷりと味わえよ」

言うや、ぬめる肉棒をズブズブッと優奈の膣内《なか》に押し沈めた。

「ああ……ああっ」

優奈はのけ反らせた身を痙攣させる。

パンッ、パパパンッ――！

「ヒッ……アア……いいです……藤堂さんのオチンチン……奥まで届いてる」

優奈の歓喜の喘ぎを耳にしながら、絵里は唇を噛みしめる。ぽっかりと空いた膣が、やけに虚しく冷気にさらされている。熱い肉棒に貫かれたいと体が泣いて

いる。己の浅ましさなど気遣う余裕もなく、絵里はその言葉を告げていた。

「藤堂さん、私も欲しい……欲しいんです」

我慢できず、尻を振った。ガラスに映る藤堂はニヤケながら、

「よーし、ふたりまとめて突きまくってやる。十回ずつだ」

再び絵里の背後に構え、割れ目に男根をあてがった。

ズブッ、ズブズブッ……。

「はあっ」

ぐさりと根元まで突き入れると、威勢よく声をあげる。

「それじゃ、数えるぞ。十、九、八——」

掛け声とともに、ゆっくりと腰が打ち据えられる。

「アアンッ……ハアアアッ……！」

「おおぅ、おおっ」

貫く雄刀の猛威は、さらに力強さを増した。

熱くただれた女の肉を灼熱棒が押し広げ、割り裂いてくる。

ジュポッ……ジュポポポッ……！

一打ちごとに四肢がきしんだ。細胞が引き攣れ、全身が不思議な浮遊感に包ま

れる。男根のくびれに逆撫でされる女襞が、決して逃がすまいと猛烈な吸着を浴びせる。

(ああ、このままずっと——)

目前で繰り広げられる淫猥な光景を瞳に焼きつけた。

「……二、一。ふう、次は優奈だ」

再び、剛棒が引き抜かれた。優奈はうっとりと身構える。

粘膜を貫く肉づれ音が響くと同時に、彼女の吐息は甘い喘ぎへと変貌した。

ツップ……ズブリ……クチュリ……!!

「くっ、くううう」

「十、九、八、七……」

「あぁんっ……いいの」

膣路に叩きこまれる肉刀に、優奈はのけ反りながら愉悦の叫びを放ちだす。

絵里も次の連打を待ち侘びていた。今の今まで塞がれていた粘膜が早く欲しいとヒクついている。

十回突き終えた肉棒が、絵里の泥濘に沈められた。

「はあっ……あんんっ」

先ほどよりも高々と尻を突きあげると、勢いづいた女襞は呆れるほど深くペニスを呑みこんだ。

グチュッ、ネチャッ……！

数回往復するごとに、快楽と飢餓感が増していく。当然だ。たかが十回で絶頂を迎えるなど不可能だった。昂るだけ昂らせ、あと少しという時に放置されるのだからたまらない。お願い、もっと、もっと——そう心で叫んだ時、

「アアッ……もう我慢できません。指でいいの！　お願い、私をイカせてくださ い」

優奈が哀願した。瞳は涙を浮かべ、隣にいる絵里など眼中にないかのように、切羽詰まった口調だった。

「お願い！　こんな生殺し……イヤです！」

ゆさゆさと尻を揺する媚態に、藤堂は鼻で嗤った。

「そうか、そんなにイキたいなら、優奈は指でイカせてやろう」

直後、室内には二人の女の悲鳴が重なった。

「アアッ……ヒクッ」

「くううううっ……はううっ」

ズブズブッ……ネチャッ……ネチャッ……！

藤堂は、絵里の蜜壺にペニスを見舞いながら、右の手指で優奈のワレメを責め立てる。

「おお、優奈はいきなり三本も咥えこんだぞ。二人とも濡れ具合も、締まりも合格だ」

亀頭ぎりぎりまで引き抜いた肉茎を、助力をつけて叩きこむ。

女膣にめりこむ確かな手ごたえに、絵里は腰を揺すり、雄肉を馴染ませた。

「ううっ……ハアン」

絵里が激しく尻を振り立てるほど、快楽の連鎖は続き、藤堂の指づかいも、それを受ける優奈の反応も激しさを増した。ヨガる優奈をガラスごしに見つめながら、弾む肉音を響かせた。

ズブブッ……ズチュチュッ――！

「ハアッ……いい……」

歓喜の咆哮をあげるのは、絵里も優奈も同じだった。

腰を振るごとに、肉が削げ、たわみ、蕩けていく。

灼熱の男根は、女の欲望の路を貪婪に焼き尽くした。

溶け混じる粘着音も呻きも、もはや誰が発しているのか定かではない。

三人が我を忘れ、絶頂への道を一直線に駆けあがる。

「クウッ……くうううっ」

わななく膣路がきつまり、さらにペニスを締めつけていく。

「むむうっ」

藤堂の唸りとともに優奈が、

「アアンッ……イヤアッ……そんなに責められると、私……私……」

真っ赤に染めた首に細い筋を浮かせ、歓喜の悲鳴をほとばしらせる。

「おおおおっ、もうイキそうだ！　クウッ」

先に叫んだのは藤堂だった。限界とばかりに渾身の乱打を放ちまくる。

ズジュジュッ……ズンッ、ズズンッ……ジュポポポッ！

「くううっ、ウウッ」

切迫した声が響けば、優奈も悩ましげに腰をくねらせた。

「アアッ……私も限界っ……はあああああっ！」

ヌチャッ……ヌチャチャチャッ……！

「アアンッ……いいッ……!!」

絶頂寸前の二人を目の当たりにし、絵里も腰をグラインドさせた。

峻烈な摩擦と圧迫、そしてぶつかり合う肉の衝撃が、ぴんと勃った淫核に伝播する。背筋を抜ける恍惚が、噴き出す粘液をも熱くたぎらせていく。

ズチュッ、ズチュッ……パンッ、パパパパパンッ‼

絵里は白い喉元を反らせた。

淫靡な不協和音を奏でるように三人の咆哮が重なった。

恍惚にのたうつ肉体、溶け流れ、崩れ落ちる粘膜——室内の酸素が薄れ、腐臭にも似た汗と体液と獣の匂いが充満する。いびつなエネルギーが炸裂し、せりあがる焔《ほむら》が子宮から体の隅々まで駆け巡る。

「アアッ……ダメ……イクぅ——！」

「オオオオッ、オオウ、オゥオゥウウウッ！」

「ハァン……ハアンンンンッ‼」

三人がひときわ甲高い叫びをあげた。

素早く引き抜かれた男根の先から、勢いよく噴出したザーメンが、絵里と優奈の尻に噴きかけられた。

エピローグ

「おい、待てこらッ！」

真昼の繁華街の路地裏。

黒いスーツに身を包んだ男女が、逃げる大男を追いかけている。

逃走中の男はスキンヘッド。頬に傷があり、目つきが鋭く、一見してヤクザのようだ。

ズキューン、ズキューン——!!

振り向きざま、ヤクザが二発ピストルを撃った。

「ああっ！」

「おい、大丈夫か？」

そのうちの一発を腹に受け、絵里は昏倒した。

「いいから……追って!!　絶対、あいつを逃がさないで」

　絵里はパートナーの男に必死の思いで言った。男は一瞬躊躇《ためら》いを示したが、絵里の視線を受け止め、彼を追って行った。

「ううっ……」

　苦しげに顔を歪ませた絵里はコンクリートに這いつくばりながら、フェンスのほうへ転がる。息が荒くなり、半開きになった唇から鮮血がひとすじ垂れ、顎を伝った。


「はーい！　ＯＫです」

　モニターを見ていた助監督が大声で叫んだ。次いで、「お疲れ様です。次は、シーン12、三十分後に集合でーす」の声が響く。

　駆けつけたヘアメイクの男性から、タオルとミネラルウォーターを渡されると、絵里はその場でうがいをし、血糊《ちのり》を拭った。

「絵里ちゃん、なかなか良かったわよ」

「迫真の演技でしたね」

　玲子と、新人マネージャーの白井太郎《しらいたろう》が駆けつけた。

「あ、お疲れ様です。血糊って美味しくなーい」

絵里は不味そうに顔を歪め、血を拭き取る。

「撮影終了後は『日刊ビビ』の取材が入ってるけど、大丈夫かしら?」

玲子が訊けば、

「あ、社長、『週刊タイムズ』と『朝一芸能』もです」

すかさず白井が手鏡を渡し、畳み掛ける。

絵里は手鏡を覗きこみながら
「もちろん、大丈夫ですよ」

笑顔でうなずく絵里に、玲子は、

「くれぐれも、彼氏ネタはNGよ」と念を押す。

――新宿アルタ前の空を見上げ、二度目のあの3Pを反芻《はんすう》する。


絶頂に達した後、ベッドで横たわり心地よい疲労感に包まれていた時のことだった。

バスローブを羽織った優奈が、シャワーを浴びた藤堂と話し込んでいる。

「ねえ、藤堂さんて、いろんなテレビ番組を作ってきたんでしょう」

二人はベッド横のソファーに腰をおろし、ビールを呑み始めた。

「ああ、たくさん手がけたよ。報道番組のような堅いものから、歌番組、ワイドショー、バラエティもやったな」

「一番印象深い番組って覚えてます？」

「そうだなあ」

藤堂は煙草を吸い始める。

彼は、大物女優と大物俳優のダブル不倫をすっぱ抜いたこと、テレビではないが、海外の大物ミュージシャンの日本公演を取り仕切ったこと、手がけた歌番組が常に高視聴率だったことを自慢げに語った。

「すごい、あの歌番組、子供のころ、家族で観ていたんですよ」

「優奈、出身どこだったかな」

「北海道の札幌です」

「札幌か……。そういや、四、五年前に大きな汚職事件があっただろう。民政党幹事長だった大岩圭太郎《おおいわけいたろう》と、大手ゼネコンの林《はやし》建設が組んで北海道の道路建設工事で談合だ。それを仕切ってたのが、林建設の常務だ。大岩は国土交通省に工作して、工事金額をせりあげ、林建設からバックマージンをもらったんだ」

その話題になった途端、優奈が息を呑んだのがわかった。

「私の高校のころですね……よく覚えています……」

こわばるその声に、絵里が薄目を開けてみれば、案の定、優奈は、表情を固くしている。

彼女の異変に気づくことなく、藤堂は続ける。

「あの時、大岩と林建設から相談を受けた。当時の俺は、国民に最も影響を与える報道番組を手がけていたからな。相談の結果、スケープゴートを用意しようということになった。それでスケープゴートに仕立てたのが、林建設の下請けをやってた札幌の北山《きたやま》土建という会社だ」

「北山土建……？」

優奈の顔は、蒼白となった。

藤堂は番組スタッフに北山土建の社長が林建設の札幌支店長と呑んでいる現場をビデオ撮影させ、それを報道番組で流した。

次いで、北山土建がこれまでにも公共工事絡みで散々、ゼネコン関係者や役所の人間を接待し、賄賂《わいろ》を贈っているが如く報道した。これを機に世論の風向きが変わった。批判は大岩や林建設から北山土建に集中し、いつしか、大岩や林建設のことは霞んでいった。

「北山土建は世論の集中砲火を浴びて、仕事がめっきり減って不渡り手形を出したんだ。そうなったら、倒産までは一直線だ」

藤堂は煙草を吸い終わり、灰皿でもみ消した。

優奈は凍りついたままだ。

「き……北山土建が不渡り出したり、倒産した時、北山土建の仕事を請け負っていた建設会社も潰れたんですか？」

かろうじて絞り出した声が震えている。

しかしそんな優奈に、藤堂は気づく素振りも見せず、

「そりゃ潰れた会社もあるだろう。でも、そんな子会社のことまで知らないよ」

それから空気が一変した。

優奈の目から涙が溢れたのだ。

「そんな……父の工務店が潰れる原因となった不渡り手形は、北山土建から振り出されたものだったんです。父は自殺しました。あの報道が父を死に追いやったんです」

「えっ……？」

これには絵里の眠気も一気に冷めた。

なんということだ。知らなかったこととはいえ、優奈は親を死なせた男に取り入り、抱かれていたのだ。

「ひどいわ……あの報道で私の人生ばかりか、父も母も大きく歯車が狂ってしまったのよ！」

打ちひしがれた優奈に、藤堂は悪びれもせず、さらに追い打ちをかける言葉を放った。

「ははは、今頃気づいたか。そんなのとっくに知ってたよ。あの時のションベン臭いガキがススキノで働き始めたって、局の連中が教えてくれたさ」

「えっ……それを知ってて……？」

「まさか、六本木で働くとは思わなかったよ。でもな、これも縁だ。まあお前にはあのモデル上がりの星玲子の事務所でちやほやされてるのが関の山だ」

「何てこと。玲子社長まで馬鹿にするつもり？」

「よく覚えとけ！　所詮、世の中、強いもんが勝つんだ。勝ったもんが正義ということだ」

藤堂は平然と言い放つ。

「そのせいで、父が死んで、私は高校を中退してススキノで働かざるを得なかった……」

怒り、悔しさ、憎しみを通りこし、虚しさに包まれる彼女はぼそりと呟いた。

「そんなの知らん。そのおかげで、あの女社長に拾われたんだろ。上等じゃないか」

「上等ですって？」

「ああ、上等だ。だいたい、お前レベルの女なら業界にごまんといるわ。それをあの女の低レベルな目利きが功を奏して、ここまで来れたんじゃないか」

「そんな女の体を求めて力に物を言わせたのは誰よ」

「俺は来る者は拒まん」

「ふん、散々、自分のことを一流だ、俺は一流を求め、一流の物、人としか交わらん、て豪語していたくせに。私のような低レベルの女を抱いて歓喜に身を震わせていたじゃない」

「うるさい！」

「返事に困ったら、うるさい——最低ね。どこが一流なの」

優奈は顔に薄笑いを貼り付かせながら立ちあがり、クローゼットの一角から黒い物体を取り出した。

それを突きつけ、

「これ、何かわかります？」したり顔で言う。

「隠しカメラとICレコーダーです。申し訳ないけれど、先ほどの3P映像も今の話も、すべてここに収めさせてもらいました。いざという時のために」

優奈は声をあげて笑った。藤堂がシャワーに行った際、何かごそごそしていたのは、このことだったのか。

「バカだな。そんなもの公表しても俺が痛くも痒くもないのはよくわかってるだろう？　自分が笑いものになるだけだ」

藤堂は苦笑した。

「ええ、確かに。業界で藤堂研三を潰す者はいません。でも——あなたの奥様のお父様である大東亜テレビの会長が知ったらどう思うかしら？」

直後、藤堂の表情から血の気が失せる。

「お、おまえ、なぜそれを……」

「あるオーディション会場で、スタッフが話しているのを聞きました」

しばらく沈黙のあと、

「……どうしろというんだ」

藤堂が苦虫を嚙み潰したように言い放つ。

「とりあえず私には、来季から始まる情報番組のファッションコーナーのレギュラーと、雑誌『ヤング・J』のイメージモデル、絵里さんには同じく来季スタートのNNC連ドラのレギュラーを約束してください」

えっ――？

絵里は耳を疑った。

「来季から？　バカなっ！　しかも、田崎絵里の分までとはどういう風の吹き回しだ？」

そうよ、今の今までライバル視していた優奈がなぜ、私のオファーまで――？

「気づいたんです。私の本当の敵は絵里さんじゃないってことを。むしろ、同じ夢を追い続ける同士なんだって」

「同士だと？　ははっ、笑わせてくれるな。この業界に敵はいても、同士なんぞいない。誰もが虎視眈々とトップを狙ってるんだ。笑顔を浮かべて語らっていても、腹の中じゃこいつを蹴落としてやる、自分こそが一番だ、そんなことを考えている輩ばかりだ」

「そんな風にしか生きられないあなたは不幸ですね」

「なんだと？」

「──私も絵里さんの恵まれた境遇に嫉妬していたんでしょうね、きっと」

一瞬だけ遠い目をすると、再び優奈は真正面から藤堂を見据えた。

「さあ、答えてください。この画像を流してすべてを失うか、キャスト変更を約束するか。あなたほどの方なら、突然の変更もわけないでしょう？　これまでにも、力に物をいわせて自分が気に入ったタレントをゴリ押ししてきたんですものね」

「よ、よく考えろ。その画像を流せば、お前自身も破滅だぞ」

声を上ずらせる藤堂に、

「ええ、私にはもう失うものはありません」

優奈はきっぱりと告げた。

「じゃあ、こいつはどうする？　田崎絵里の一生も台無しにすると言うのか？」

その瞬間、絵里が起きあがった。胸元をシーツで隠し、きっぱりと告げた。

「藤堂さん、私も優奈と同じです。失うものはありません」

一か八かの賭けだった。

藤堂は言葉にならない呻き声をあげ始めた。飼い犬に手を噛まれた悔しさと怒り、一方で舅に知られたらどうしようという焦燥が交錯しているようだ。乱れる気持ちを静め、絵里と優奈の要求と自分の保身を天秤にかけているに違いない。

しばしの逡巡の後、

「わかった。約束する。だからその画像は消してくれ。ICレコーダーもだ」

「口約束じゃだめです。今から監督とプロデューサーに電話してください。私たちの目の前で約束を取りつけて。さあ！」

優奈は容赦しなかった。

テーブルにあった藤堂の携帯を突きつけた。

「早く、この場で決めて！」

当初、現場は大混乱だったらしい。大手芸能事務所のタレントや女優を切って、名もない新人を使うなど、もってのほかである。

一方で一時低迷していた神山ホールディングスが持ちなおし、資金繰りは一気に解決していた。

のちに耳にした話によると、優奈から連絡を受けた玲子が、神山と組んでかねてから切り札として温めていた出来事を公表すると持ちかけたらしい。藤堂は「叩けばホコリの出る体」だったというわけだ。

代官山から移転した事務所は今、六本木ヒルズにある。

現在、絵里は刑事ドラマのレギュラー、優奈もタレント兼モデルで活躍中だ。

周囲はいい風が吹いている。

業界人にありがちな、藤堂の見かけによらぬ保身体質が功を奏した。

新宿アルタを前にした広場の一角に折りたたみチェアとスタンドミラー、パーティションを置き、即席のヘアメイク室が用意された。

別の衣装に着替え、ヘアメイクを直してもらう途中、絵里の携帯が鳴った。

「あら、祐樹」

『ねえ、今日は何時に撮影が終わるの？』

「わからない、まだだいぶ押してるし」

絵里は鏡を見つめながら素っ気なく答える。

すげなくするには理由があるのだ。

『そろそろ式場きめようよ』

またこれだ。

最近は女優もタレントも交際宣言や結婚宣言をするご時世ゆえ、祐樹も早く結婚したくてうずうずしてるらしい。

「無理！　私、女優デビューしたばっかりよ」

『いいじゃないか、悪い虫がつかないうちに、ねえ早く結婚しようよ』

絵里は苦笑するも、しばらくは社長の玲子が許してくれなさそうだ。

そこへパーティションを隔てて、女性の弾んだ声が聞こえてきた。

アルタの大ヴィジョンを見あげて何やら盛り上がっている様子だ。

「あっ、このＣＭ好き！」

「私も好き～。モデルがきれいだよね」

大画面を見上げると、映っていたのは、絵里のミネラルウォーターのＣＭだった。風になびく黒髪と白いドレスの裾が、背景の青い海とマッチして幻想的な雰囲気を醸し出している。

絵里がふっと笑うと、

「田崎さん、そろそろスタンバイお願いしまーす」

「あら、もう時間。じゃ、祐樹またね」

通話を切り、すっと立ちあがった。
大きく深呼吸した絵里は、颯爽とカメラへ向かうのだった。

＊この作品は、書き下ろしです。また、文中に登場する団体、個人、行為などはすべて実在のものとはいっさい関係ありません。

二見文庫

美人《びじん》モデルはスッチー　枕営業《まくらえいぎょう》の夜

著者　蒼井凜花《あおいりんか》

発行所　株式会社 二見書房
東京都千代田区三崎町2-18-11
電話 03(3515)2311［営業］
03(3515)2313［編集］
振替 00170-4-2639

印刷　株式会社 堀内印刷所
製本　株式会社 村上製本所

落丁・乱丁本はお取り替えいたします。
定価は、カバーに表示してあります。

ISBN978-4-576-14176-3
http://www.futami.co.jp/